무수히 많은 밤이 뛰어올라

무수히 많은 밤이
뛰어올라

—

후루이치 노리토시 지음
서혜영 옮김

흐름출판

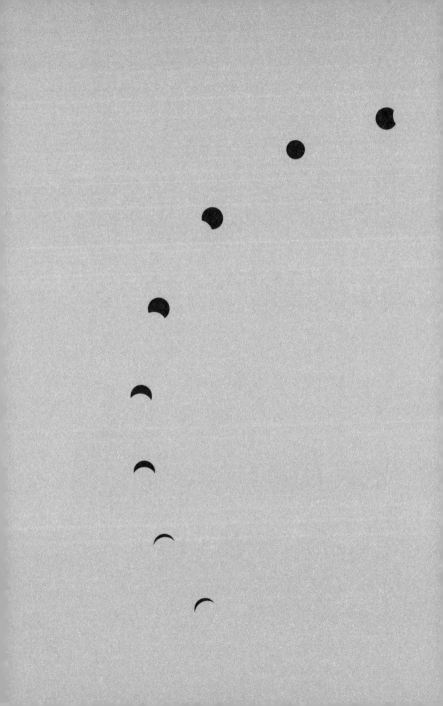

차례

3월 1일 구름

그곳에서는 태어나서도 안 되고 죽어서도 안 돼. 그런 섬이 있다는 거 알아? 산부인과도 없고 장례식장도 없어. 임신하거나 큰 병에 걸리면 바로 섬에서 나가야 해. 그 대신 우리 같은 일본인도 아무 허가 없이 일을 할 수 있는 모양이야. 얼마 전까지는 초밥집도 있었다는 것 같고 말이지. 거기에 가면 땅끝 거리가 있는데 그런 데서 초밥을 만들면 어떤 기분이 들까? 나는 여권 같은 거 없는데 쇼타, 너는 갖고 있구나. 도쿄에서 여권을 만들려면 유라쿠초에 가야 하나? 이 나라는 죽음이 넘치고 있잖아. 도쿄에서만 매일 몇백 명이 죽어나가고 있어. 병원, 구치소, 길바닥, 회사, 가정집에서 몇백 명이 계속해서 죽는 거야. 물론 여기에서는 죽는 게 금지되어 있거나 하지는 않지. 죽는다고 해서 누가 뭐라고 하는 일도 없고. 하지만 그 섬에서 외지인은 아무도 죽어서는 안 된다는 거야. 장례를 치르는 데 들어가는 시간과 품이 아깝다는 거지. 게다가 너무 추운 게 또 문제인가 봐. 사체를 땅에 묻었을 때 뭔가 나쁜 바이러스가 살아남아 있을 위험성이 있다고. 거기에선 지금도 사람이 죽으면 대부분 땅에 묻는 모양이니까. 그 섬은 북쪽에서도 더 북에 있어서 여름은 계속 밝고 겨울은 계속 어두워. 여름엔 24시간 백야, 겨울엔 24시간 백야의 반대인 극야. 겨울엔 아무리 시간이 흘러도 해가 뜨지 않는 거야. 밤이 끝없이 계속돼. 태양이 전혀 뜨지 않는 곳에서의 생활이라니 상상할 수 있어? 우리가 하는 일은 비가 오면 기본적으로 쉬잖아. 밤에 일하는 경우도 거의 없어. 그 섬에서는 어떨까? 밤낮 가리지 않고 유리창을 닦을까?

"쇼타 씨, 물방울이 남아 있어."

시내 바로 근처까지 흰곰이 나온다나 봐. 그래서 잠깐 산책을 나갈 때에도 사냥총을 소지하고 가야 한대. 총은 멀리서 쏘면 안 돼. 곰이 가까이 다가올 때까지 기다렸다가 급소를 노려서 쏴야 해. 그럴 만한 마음의 여유가 있을지는 모르겠지만. 죽으면 안 된다고 하지만 그 섬에서 생명을 잃는 것은 간단한 일일 거야. 흰곰의 공격을 받고 죽는 건 누구라도 싫겠지만 말이야. 그런데 그것만이 아니거든. 한겨울에는 말도 안 되게 추울 텐데 술이라도 조금 마시고 밤 산책을 나갔다가는 한방에 꼴깍, 가지 않겠어? 죽는 게 금지되어 있는 섬에서 죽으면 어쩐지 모양새가 안 좋겠지? 아니, 착각하지 마. 나는 자살하고 싶은 마음 같은 건 요만큼도 없으니까. 정확히 말하면 죽을 수가 없거든. 우리 부모님이 아프단 이야기를 했던가? 하지만 이 일을 하는 사람이라면 누구라도 죽을 수 있다는 걸 생각하게 되지. 죽고 싶지 않아도 언제 죽어도 이상할 게 없는 아슬아슬한 일을 하고 있으니까. 이 유리 건너편은 절대로 죽을 리 없는 놈들뿐인데, 겨우 1센티미터 간격을 두고 이쪽은 언제 죽어도 이상하지 않은 거야. 격차란 것은 위와 아래에만 있는 게 아니야. 같은 높이에도 있어.

"쇼타 씨."

그 섬에 생명의 호텔이라는 게 있는데, 걸으로 봐서는 그게 호텔이란 걸 알 수 없어. 별거 아닌 콘크리트 사각 덩어리가 눈으로 덮인 평원에 살짝 얼굴을 내밀고 있는 것뿐이거든. 그런데 이상하게 당장이라도 유령이 나올 것 같은 건물이야. 유령이란 건 학교라든가 터널 같은 콘크리트 구조물이랑 왠지 궁합이 잘 맞아. 어째서 그런 무기질적인 장소에 유령이 나타나는 걸까. 우리가 무의식적으로 콘크리트라는 정체

9

모를 것을 두려워하고 있다는 얘긴가? 그렇다면 유령이 우리 눈앞에도 나타날지 몰라. 바로 옆에 있을 수도 있어. 쇼타, 넌 유령 아니지?

"쇼타 씨, 듣고 있어?"

"네, 듣고 있습니다."

미사키 씨가 내 오른쪽 발목을 잡는 바람에 스퀴지를 든 손을 멈췄다. 마무리용 마른걸레로 물기를 말끔히 닦아냈다고 생각했는데 유리창에 아직 물방울이 몇 개쯤 남아 있는 게 보였다.

"그렇게 하면 안 돼."

"그렇게 하면 안 되는 건 미사키 씨 쪽 아닌가요? 일러바칠 거예요."

나는 미사키 씨를 매섭게 쏘아봤다. 그녀는 좁은 곤돌라 바닥에 주저앉아 플룸테크(냄새를 제거한 일본의 전자담배)의 수증기를 코에서 뿜어냈다. 맨션의 유리창 청소 중에 당당히 쉬고 있는 것도 문제지만 담배 피우는 것을 이 맨션에 사는 사람들이 보고 회사에 알리기라도 하면 나까지 날벼락을 맞을 것이다. 미사키 씨와 한 팀으로 일하게 된 건 처음인데 그녀는 늘 이런 문제 행동을 해온 걸까? 그렇다면 입주자들의 항의가 없었다고 해도 우리 중 누군가가 회사에 찌르고도 남았을 일이다. 그런데도 계속 저러는 것은 정장을 입은 상층부가 아직 '그 사고'를 처리하는 데 여념이 없어서 이 문제아까지 처리할 틈이 없기 때문인 걸까.

그러나 불평해도 소용없다. 양동이에 담겼던 샴푸봉으로 유리창을 적시고 스퀴지로 물기를 없애간다. 세로, 세로, 가로. 어렸을 때 색칠놀이를 했었잖아. 기본은 그것과 같아. 어쨌든 구석을 잘 봐야 해. 머리로는 아는데도 아직껏 손목이 생각처럼 움직이지 않는다. 구석에 안 닦인 채로 남아 있는 물기가 자꾸만 눈에 들어온다. 할 수 없이 한 번 더 스퀴지를 세로로 당긴다. 그때 생기는 마찰음이 질색이라서 그 사람처럼은 힘 있게 당기지 못한다. 우물쭈물하지 마. 이제 화난 목소리는 날아오지 않는다. 미사키 씨는 케이지의 빈틈 사이로 도쿄의 거리를 멍하니 내려다보고 있다.

그 모습을 보면서 나 자신이 이 높이에 완전히 익숙해졌다는 사실에 놀랐다. 55층짜리 타워맨션을 위에서 5분의 1만큼 내려온 곳이니까 지상으로부터의 높이는 아직 200미터 가까이 될 것이다. 발판도 없이 로프에만 의지하며 하는 작업과 비교하면 곤돌라 작업은 그나마 덜 위험하다고는 해도 약간의 바람에도 크게 흔들리기도 하고, 그 순간 기우뚱대는 그 낭떠러지에서 우리를 막아주는 것은 높이 1미터도 되지 않는 난간뿐이다.

11

그래서 여기에서는 무엇 하나 가로막는 것 없이 도쿄를 내려다볼 수 있다. 쓰키지와 도요미 수산 부두를 잇는 새하얀 대교. 그 앞은 하루미 부두와 도요스 부두로 이어져 있을 테지만 무수히 서 있는 빌딩군 탓에 여기에서는 어느 지점에서 거리가 나뉘는지 확인할 수는 없다. 하지만 이전에 작업한 적이 있는 빌딩 몇몇은 여기서도 식별할 수 있다. 무역센터 빌딩, 후지 테레비, 과학미래관, 그리고 도쿄 스카이트리.

이제는 완전히 익숙해져서 경치를 보고 가슴이 뛰는 일도, 높이에 압도되는 일도 없다. 이 위치에서 보이는 것은 그저 입방체의 물체가 사방에 깔려 있을 뿐인, 모형 정원같이 답답하고 불편한 거리뿐이다. 일부러 돈을 모아서 비싼 값을 들여 이런 갑갑한 경치를 내려다보고 싶어 하는 사람들의 심리가 놀랍다.

지금에야 웃고 말지만 일을 시작하고 나서 반년 정도는 다리가 후들거리는 것을 막을 도리가 없었다. 정확히 말하면 5개월하고 11일째까지는 결사의 각오로 곤돌라에 올라탔다. 알고 있나 쇼타? 오늘, 7월 20일이 무슨 날인지. '코스모클리닝'에 들어와서 내가 처음으로 유리창 청소 작업을 한 것은 2월 9일이었다. 일을 시작하는 것은 4월부터일 거라고 생각했는데 그 다음 날부터 곧장 일하러 나오라고 했다. 그때 나는 '이제 겨우 간단한 연수를 마친 것뿐인데'라고 생각하며 바로 현장에 투입됐다. 그런데 그 날, 7월 20일은 무슨 날이었던 걸까.

"쇼타 씨, 또 손이 멈췄어."

"최소한 승강기 버튼 정도는 눌러줘요. 미사키 씨도 강습받았 잖아요. 자격 갖고 있죠?"

그녀는 내 쪽을 보고 히죽 웃는다. 세 살짜리 아이가 있는 싱글 맘이라는 소문이 있지만 본인에게 확인해보지는 않았다. 핑크색 으로 물들인 머리가 많이 자라서 뿌리 부분이 검어졌는데 그런 채로 가슴께까지 칠칠치 못하게 늘어트려져 있다. 회사에서도 그 머리를 놓고 몇 번쯤 말이 있었던 모양이다.

옛날에는 현장직만큼은 염색이나 타투 같은 게 허용됐었는데 최근 몇 개월 사이에 시끄럽게 말이 많아졌다. 나는 입사 직전부 터 했던 금발 염색을 그만두었다. 모자로 숨기면 된다는 말을 들 었지만 숨겨가면서까지 염색을 하고 다닐 생각은 없었다.

드디어 미사키 씨가 곤돌라를 조작해준 덕분에 케이지가 조금 씩 하강하기 시작했다. 나는 샴푸봉으로 유리창을 적셨다. 미사 키 씨는 여전히 일할 마음이 없는 것 같아서 어쩔 수 없이 그녀가 닦아야 할 영역에까지 샴푸봉을 뻗는다. 마침 그때 바람이 불어 미사키 씨의 머리카락 몇 가닥쯤이 흩날려 내 오른손에 휘감겼다. 좁은 곤돌라 안에서는 몸이 서로 닿는 일쯤은 일상다반사라서 그런 정도로 마음이 동하는 일은 없다.

그녀는 케이지 밖을 보면서 콧노래를 흥얼거렸다. "세상이 썩을 것 같아〈(내일 세상이 끝난다 해도(あした世界が終わるとしても)〉라는 노래 가사 중 일부)." 뼈 모양이 겉으로 드러날 만큼 마른 몸이지만 위아래가 붙은 작업복을 입은 탓인지 그렇게 빈약해 보이지는 않는다. "오늘도 살고 있답니다."

기운을 내서 샴푸봉을 내려놓고 이번엔 스퀴지로 창문을 벗겨낸다. 창문을 벗겨낸다는 말, 한번 익히면 바로 입에 붙는 말이지. 우리 말고는 그런 말 쓰는 걸 들어본 적 없지만 말이야. '긁어서 벗기다'에서 온 말이겠지만 단지 물기를 제거하는 걸 가지고 벗겨낸다고 말하면 좀 더 그럴싸하지 않아? 구석을 잘 벗겨내야 한다고 생각하며 몸을 크게 움직이면서 두 사람 몫의 물기 제거 작업을 해간다.

이 일은 몸을 굽혔다 폈다 반복해야 해서 처음 일을 시작했을 때는 근육통 때문에 힘들었다. 쇼타, 아직 스물두 살이지. 젊으니까 포기하지 마. 물론 네가 평생 이 일을 하고 싶어서 하는 걸 수도 있지만 보통은 대졸이 이런 일 안 하잖아. 창피해하지 마. 나는 옛날에 말이지, 배우가 되려고 했었어. 쇼타는 뭐 다른 일, 하고 있는 게 있어?

단숨에 해치우는 게 좋다. 다른 팀에서 늦다고 불평이 나올지도 모른다. 샴푸봉을 왼손에, 스퀴지를 오른손에 들고 단숨에 닦아내려 간다. 몇 번이나 아주 가까이에서 본 그 모습을 기억해내면서 잽싸게 유리창의 때를 없애나간다. 세로, 세로, 가로.

창틀 오른쪽 가장자리에 스퀴지를 가져다 댔을 때 뭔가 이상한 느낌이 왔다. 놀라서 얼굴을 아래로 향하니 미사키 씨가 웅크린 채 내 바지의 지퍼를 내리고 있었다.

"뭐 하는 겁니까?"

"청소 작업."

저항할 새도 없을 만큼 순식간에, 미사키 씨의 혀가 방한용으로 입은 반바지 내의와 복서 팬티를 헤치고 들어와 내 페니스를 휘감았다. 미사키 씨는 마치 혀끝으로 아이스크림을 녹이듯이 느린 움직임으로 귀두를 천천히 핥기 시작했다. "하지 마요"라는 내 목소리를 무시하고 그녀의 혀는 포피 안쪽으로도 기어들어 왔다. 그녀가 혀끝을 뻗어서 귀두와 포피의 높낮이를 자극하는 사이, 어느새 페니스는 완전히 발기해버렸다.

억지로라도 미사키 씨를 제어해야 한다는 걸 안다. 하지만 한심하게도, 뭐 괜찮아, 하는 기분이 들면서 창문을 계속 닦기로 했다. 그러면서도 오늘 타고 있는 곤돌라는 밖에서 안쪽이 보이지 않는 구조라서 맨션 주민에게 발각될 위험은 적다고 계산하고 있는 자신이 마음에 켕긴다.

애써 아무 일 없다는 듯이 샴푸봉과 스퀴지를 번갈아 유리창에 가져다 댄다. 세로, 세로, 가로. 무심해지려고 애쓰다 보니 평소에는 가능한 한 보지 않으려고 했던 유리 너머에 시선이 간다. 이 일을 하다 보면 봐서는 안 되는 것을 보게 될 기회가 많다. 오피스빌딩에서 일하는 직원이나 타워맨션의 주민들은 우리를 사람이라고 생각하지 않는 게 분명하다는 것을 그때 느낀다.

미사키 씨의 혀가 귀두 끝에 닿은 것이 몇 번째인가 됐을 무렵, 유리창 너머에서는 아직 초등학교에도 가지 않았을 여자아이가 혼자 텔레비전 모니터를 바라보고 있었다. 봄방학을 할 시기는 아닐 텐데 등원 거부 중인 걸까. 커다란 모니터에서는 조금 통통한 청년이 오로지 화장실 휴지를 쌓아 올리는 장면이 흘러나오고 있다. 여자아이는 실오라기 하나 걸치지 않은 채였다. 넓다란 거실에는 텔레비전만 놓여 있고 테이블도 소파도 없다. 어쩌다 오늘이 이삿날이고, 난방이 너무 덥게 되어 있어서 옷을 벗어버린 걸까? 부모로부터 학대당하고 있는 건 아닐까? 변태성욕자에게 감금당한 걸까? 스퀴지로 물기를 없애면서 여자아이 피부에 상처가 없는지 확인하려고 하는 순간 곤돌라가 하강하기 시작했다. 미사키 씨는 라멘을 흡입하듯이 내 귀두를 자극하면서도 시간에 딱 맞춰 승강기 버튼을 누른 모양이었다.

여자아이가 있던 바로 아래층 방에서는 중년 남자가 심각한 얼굴로 PC 모니터를 들여다보고 있었다. 얇은 레이스 커튼이 쳐져 있지만 안쪽이 거의 전부 보이는 것이나 다름없었다. 책상이 창을 향해 놓여 있고 남자로부터 곤돌라까지의 거리는 1미터도 안 될 것 같은데도 그가 우리의 존재를 알아챈 기미는 전혀 없었다. 방에는 머리를 올백으로 넘기고 양복을 몸에 딱 맞게 껴입고 있는 그 남자뿐이었다. 남자는 저곳을 사무실로 사용하고 있는 건지도 모른다. 10평 정도 크기의 방에는 여러 개의 책상이 놓여 있고 그 위에는 수십 대의 아이폰이 유선으로 충전되고 있는 중이다. 무슨 용도로 사용하는 건지 도무지 짐작조차 할 수 없지만 뭔가 범법행위를 하고 있는 거라고 생각해도 이상하지 않을 광경이었다. 그런 게 아니라면 이런 맨션의 넓은 방을 혼자서 사무실로 쓸 수는 없을 것 같았다.

유리창 너머로 시선을 주지 않으려고 의식적으로 노력하면 이번에는 창에 반사된 자신의 얼굴을 응시하게 된다. 평균에는 조금 못 미치는 168센티미터의 키. 눈꼬리가 째진 밉살스러워 보이는 눈. 조금 눌린 코. 좋지도 않고 싫지도 않은 얼굴. 아침에 면도를 할 때에도 거울을 보는 일은 별로 없다. 본다고 해도 초점은 자연히 입가에 맞춘다. 고등학생 때나 대학생 때에는 머리 모양을 정해놓지 않았기 때문에 한 손에 왁스를 쥐고 몇십 분이나 시간을 보낸 적도 있다. 하지만 아무도 내 머리에 신경 쓰지 않는다는 걸 알게 된 최근에는 포마드니 무스니 하는 것을 바르지 않는다.

우리도 유령과 같은 존재일지도 몰라. 예를 들어 방에 유령이 나타났다고 쳐 봐. 처음에는 물론 깜짝 놀라겠지. 있을 리 없는 존재가 거기 있는 거니까. 하지만 그것이 며칠이나 계속되면 어떻겠어? 편하지는 않을지 모르지만 무섭다는 기분은 옅어질 거야. 그것이 거기에 존재하는 것을 당연하게 받아들이게 될 게 분명해. 신경 쓰려고 하면 신경 쓰이지만 무시하려고 하면 무시할 수 있어. 그래서 오히려 유령이 깜짝 놀라게 되는 거야. 발가벗고 서 있는 여자라든가, 우리를 개의치 않고 섹스하는 연예인이라든가를 보고 말이야. 그때 상대는 우리를 못 보는 게 아니라 없앤 거야. 창 너머의 광경을 사진 찍어 본 적 있어? 일하는 도중에 그랬는지 물어보는 게 아니야. 그러니까 도촬을 해봤냐는 이야기가 아니라고. 예를 들어 스카이트리에 가면 그런 사진을 찍곤 하잖아. 물론 나야 거기를 손님으로 가 본 적은 없지만 말이지. 너도 곧 거기 가서 유리창을 벗기게 될 거야. 여하튼 그런 전망대 안에서 유리창 바깥의 풍경을 찍는다고 치자. 그러면 안쪽의 모습이 유리창에 비치잖아. 특히 밤에는 더 그렇지 않겠어? 카메라를 들고 있는 자신의 모습이라든가, 옆에 있는 할아버지 얼굴이라든가, 조명이라든가. 그런데도 창밖의 풍경을 보고 있을 때는 그런 게 눈에 들어오지 않잖아? 그건 우리가 창문에 비친 상을 우리 마음대로 머릿속에서 소거해버려서 그렇다는 거야. 진짜인지는 몰라. 하지만 그 이야기를 들은 뒤에 굉장히 납득이 됐어. 결국 저쪽은 마치 우리의 존재를 유리에 비친 모습처럼 지워버리는 거지. 그러니까 우리도 마찬가지로 행동해야 한다고 생각해. 저쪽은 우리가 보지 않으려고 해도 눈에 들어오지만, 그러니까 더욱 애써 안 보려고 해야해. 유령은 믿으니까 보이는 거야. 믿지 않으면 보이지 않아. 그러니까 저쪽을 믿으면 안 된다고.

샴푸봉을 양동이에 담그다가 마침 위를 올려다 본 미사키 씨와 눈이 마주쳤다. 그녀는 내 페니스를 입에 문 채로 곧장 나를 쏘아보았다. 나쁜 짓을 시작한 것은 그녀인데도 왠지 내가 위축되어버렸다. 발기한 페니스가 전혀 시들지 않는 것이 창피했다. 그녀는 동승한 스태프에게 항상 이런 짓을 하는 걸까?

마침 눈앞의 유리창을 다 닦아낸 타이밍에 곤돌라가 다시 내려갔다. 그때 양복 입은 남자가 바지를 아래까지 내리고 자신의 페니스를 열심히 움직이고 있는게 눈에 들어와 깜짝 놀랐다. 이 일을 하면서 누군가의 성행위를 우연히 목격한 경우는 한두 번이 아닌데도 그때마다 놀란다. 고층 건물의 높은 층에 사는 주민들중에는 방에 커튼을 달지 않는 사람도 많다. 고층이란 그 정도까지 사람을 개방적으로 만드는 걸까? 바로 얼굴 앞을 지나친 남자의 페니스는 희미하게 붉은 기가 돌고 마치 어린아이의 것과 다름없는 크기였다. 미사키 씨는 아직 일심불란하게 내 페니스를 빨고 있었기 때문에 그녀가 그 남자의 것과 나의 것을 비교할 수 없다는 게 조금 아쉬웠다.

한순간이나마 그런 생각이 내 안을 스쳐갔다는 사실이 부끄러워져서 유리창 너머로 시선을 두지 않으려고 노력했다. 그러자 이번에는 입술을 일그러뜨린 꼴사나운 내 얼굴이 거울에 비친 것처럼 나타났다. 연상의 동료가 내 허락도 없이 불쑥 던져주는 쾌락을 거절하지 못하는 어정쩡한 남자. 바로 눈앞의 유리창에도, 하반신에도 신경을 쓰지 않으려고 하니 의식은 자연히 다시 창 너머로 향한다.

어둡다. 그것이 이번 방의 인상이다. 이유는 바로 알았다. 위층 남자 방의 조명이 지나치게 밝기 때문이 아니다. 이 방에는 두텁고 검은 커튼이 유리창 전체에 쳐져 있었다. 아주 조금 나 있는 틈을 통해 보인 광경은 이상했다. 바닥 여기저기에 초가 놓였고 거기에서 피어오른 작은 불꽃들이 실내를 밝히는 유일한 조명이었다. 수많은 야릇한 상자들이 촛불 빛을 받고 있었다. 상자들은 크기와 질감이 다양했고, 그중 어떤 것들은 천장까지 겹겹이 쌓여 있었다. 보통의 골판지 상자도 있고 가게 이름이 크게 프린트된 오동나무 상자나 썩은 것 같은 나무 상자까지 있었다.

상자와 상자 사이에 한 노부인이 앉아 있다는 걸 알아차린 것과, 그녀와 눈이 마주친 것, 내가 미사키 씨의 입 안에 사정해버린 것은 거의 동시에 일어난 일이었다.

노부인은 곧장 내 쪽을 향해 다가왔다. 정말은 미사키 씨에게 사과하고 그녀의 입가를 닦아주고 싶었지만 이 모습을 노부인에게 들킨다면 그건 매우 난감한 일이다.

"부탁이니까 잠시만 움직이지 말고 있어 줄래요?"

나는 완전히 차가워진 머리로 미사키 씨에게 말했다. 마치 정액을 삼킬 것을 강요하는 말처럼 들릴까 봐 싫었지만 그녀가 갑자기 일어나는 바람에 노부인에게 쓸데없는 의심을 사는 것보다는 나았다. 지금 노부인의 눈에 나는 어쩌다 눈이 마주쳤을 뿐인, 혼자서 곤돌라를 타고 유리창 청소 중인 평범한 작업원으로 보일게 분명했다.

창문이 열리는 맨션에서는 안에 있는 주민이 우리에게 적극적으로 말을 걸어오는 경우가 있다. 마침 그제 스가모 지역의 타워 맨션에서 청소 작업 중일 때, 네 명의 고령자로부터 샐러드전병(샐러드유로 튀긴 일본 과자)과 갈매기알(흰 팥소를 얇은 카스테라로 싸서 구운 다음 화이트초콜릿으로 코팅한 새알 모양의 과자) 같은 명과를 받았다. 다행히도 이 빌딩의 창문은 전부 붙박이에다 몇 센티미터 너비의 통기구조차 없다. 나는 노부인에 대해서 아무 관심 없다는 사실을 보여주기라도 하듯이 조금 과장된 동작으로 샴푸봉과 스퀴지를 움직여 청소를 계속했다. 그러나 눈이 마주치는 것을 애써 피하는데도 노부인은 계속해서 창문 쪽으로 다가왔다.

가는 몸매에 곧게 편 등. 검은 원피스는 한눈으로 봐도 고급 원

단으로 만든 것임을 알 수 있었다. 목 언저리에는 오렌지색의 커다란 스톨이 감겨 있고 집 안인데도 어째선지 하이힐을 신고 있었다. 노부인은 확고한 발걸음으로 한 걸음 한 걸음 상자와 상자 사이를 뚫고 내 쪽으로 전진해 왔다.

무표정이었다. 웃고 있는 것도 아니고 화내고 있는 것도 아니다. 눈가에는 아이라인이 또렷하게 그려져 있고 입술에는 립스틱도 엷게 칠해져 있다. 짧게 자른 머리에는 흰머리가 한 가닥도 보이지 않는다. 그녀는 내 얼굴만 응시하고 있는 바람에 미사키 씨가 있다는 것을 알아채지 못하는 것 같았다. 그 시선으로부터 눈을 돌릴 수가 없어서 나는 그만 샴푸봉과 스퀴지를 든 손을 축 늘어뜨리고 망연히 노부인을 바라보았다. 저쪽 편을 봐서 좋을 일은 없어. 그러니까 이쪽 편만 믿는 거야. 그렇지 않으면 죽어.

앞으로 몇 걸음이면 노부인이 창문까지 도달하게 될 타이밍에 곤돌라가 하강하기 시작했다. 미사키 씨가 조작해준 걸 테지. 그녀는 완전히 시든 내 페니스를 입에 물고 마치 목캔디를 빨아먹듯이 혀를 천천히 회전시켰다. 케이지가 아래층에 도달하기 직전에 위를 보다가 다시 노부인과 시선이 마주쳤다. 아차 하고 생각했다. 미사키 씨가 아직 내 페니스를 물고 있었기 때문이다. 우리가 무엇을 하고 있는지 노부인의 방 창문에서 똑똑히 보였을 것이다. 그러나 노부인은 무표정한 얼굴로 곧바로 커튼을 닫아버렸다.

"쇼타 씨, 소켄비차(열세 가지 곡물을 재료로 만든 일본의 청량음료) 마실게."

미사키 씨는 내 발밑에 놓여 있던 페트병에 손을 뻗었다.

"네, 그런데 그 안에 들어 있는 거, 물이에요."

내가 말을 끝내기도 전에 미사키 씨는 페트병에 든 수돗물을 목구멍에서 소리를 내면서 다 마셔버렸다.

"어머, 쇼타 씨가 그런 절약가였던가?"

"수돗물이 있는데 페트병에 160엔이나 내는 건 바보 같은 짓 아닌가요?"

"그럼 왜 아이폰을 쓰는 거야? 비싸지 않아?"

미사키 씨는 세심한 손놀림으로 내 페니스를 복서 팬티와 반바지 내의 안에 넣고 바지 지퍼를 채웠다. 그 일련의 동작이 정성스러웠던 탓인지 내 페니스는 다시 조금쯤 기운을 되찾았다.

"저기요 미사키 씨, 키스해도 돼요?"

그녀는 잠깐 웃는 얼굴을 하나 싶더니 다시 곤돌라 바닥에 주저앉았다.

"나는 할 일을 끝냈지만 쇼타 씨는 아직 일하는 중이잖아."

"지금 한 게 일이었어요?"

"노동은 아니지만 일은 일이지."

미사키 씨는 플룸테크를 크게 빨아들여 코와 입에서 수증기를 내뿜었다. 일반 담배에 비하면 훨씬 적은 연기가 바로 바람에 날아가버렸다.

"나도 빨아봐도 돼요?"

"저쪽 편 사람이 싫어해도 난 몰라."

미사키 씨는 귀찮은 듯이 일어서더니 내 입에 플룸테크를 물렸다. 일반 담배같이 빨아들여보지만 왠지 부족한 기분이 든다. 담배는 안 피운 지 벌써 1년이 넘었기 때문에 내가 그 맛을 잊고 있는 것뿐일지도 모른다. 내가 이 일을 막 시작했을 무렵에는 담배를 피우면서 일해도 아무도 뭐라고 하지 않았어. 그런데 지금은 절대로 안 되잖아. 아이코스(필립 모리스 인터내셔널의 전자담배)라도 눈치 채는 사람은 눈치 채니까. 요전번인가는 페트병으로 커피를 마셨다고 해서 말을 들은 녀석이 있었지. 너였나? 물처럼 투명한 커피Clear Coffee가 나온 것도 그런 이유에서겠지.

이번에는 숨을 깊이 들이마셔 연기를 폐 속까지 끌어들여 보려고 했다. 그러나 좀처럼 잘되지 않는다. 다행히 아래쪽 창문 너머의 방에는 아무도 없는 것 같았다. 커다란 거실에는 크고 둥근 목재 테이블이 있고 그 주위에 앉기 불편해 보이는 의자가 줄지어 놓여 있다. 부자들의 취미는 아무래도 이해할 수 없다. 샴푸봉으로 유리창을 적시고 스퀴지를 가로로 당긴 다음 세로로 당겨본다. 평소와 다른 순서로 하면 잘 되지 않는다. 어쩔 수 없이 남은 물기를 마른걸레로 꼼꼼하게 닦아냈다. 한 번 더 플룸테크를 빨려고 했더니 미사키 씨가 빼앗아버렸다.

"안 돼. 넌 담배가 안 어울려. 조금도 섹시하지 않아."

미사키 씨는 여전히 케이지에 철퍼덕 주저앉은 채였다. 나는 말없이 유리창 청소를 계속했다. 세로, 세로, 가로. 때마침 조금 강한 바람이 곤돌라를 크게 흔들었다. 바람은 아까부터 불규칙하게 강해졌다 약해졌다 반복했을 텐데 별로 신경 쓰이지 않았다. 세로, 세로, 가로. 순조롭게 2층까지 청소를 끝내고 곤돌라를 상승시켰다. 이번에는 일일이 세우지 않고 논스톱으로 옥상까지 돌아갔다. 이렇게 올라가다가 중간에 멈춰서 창문을 다시 닦는 경우도 있지만 대개는 눈으로 보면서 확인하는 정도로 끝난다.

같은 맨션이라도 저층과 고층은 방의 넓이부터 놓인 가구까지 죄다 달라. 내려가는 길과 올라오는 길, 어느 쪽이 좋아? 나는 올라오는 쪽이 좋은데. 자잘한 손질만 하면 된다는 점도 있지만 내 레벨이 쑥쑥 올라가는 느낌이 들지 않아? 대기업에 취직해서 사회생활을 시작한 인간들이 타워맨션에 들어와 사는데, 같은 타워맨션이라도 아래쪽은 쪼끄만 연립주택 같은 원룸이고 전망도 별로지. 그러다가 돈에 여유가 생기거나 가족이 생기면 조금씩 큰 평수로 옮겨 가는 거야. 내 경험상 중간층의 집들이 가장 어질러져 있어. 아이가 있는 집이 많아서이기도 할 것이고 바쁜 사람들이 많아서이기도 하겠지. 결국 나 역시 창문 너머를 보고 있는 게 아니냐고 생각하는 거지? 뭐, 그렇기는 하지만 난 어디까지나 통계적으로만 보는 거야. 개개인의 집을 일일이 기억에 담아 두는 게 아니라고. 그런 통계가 있는지 어떤지는 모르겠지만 어느 세계에서나 마찬가지 아닐까? 한가운데가 일을 가장 많이 해. 헌법을 개정한다든가, 법률을 통과시킨다든가, 전 일본이 깜짝 놀랄 새로운 서비스를 시작한다든가, 그런 커다란 일들을 하는 게 아니야. 내년에 보조금(정부의 정책목표에 맞는 사업을 지원하기 위해 지급하는 돈)을 어떻게 끌어올까 라든가, 회의 때 자리 배치를 어떻게 할까 라든가, 그런 것으로 머릿속이 온통 바쁜 거야.

  나는 내려가는 동안에든 올라오는 동안에든 아무것도 생각하

지 않기 위해 노력한다. 높은 곳에 있을 때는 깜빡 나 자신이 잘
나졌다는 착각에 빠지곤 한다. 거리를 내려다본다는 우월감은 물
론이거니와 스파이위성에서조차 감시할 수 없는 내부를 들여다
볼 수 있다는 쾌감도 있다. 하지만 그런 기분을 느끼는 순간 무척
부끄러워진다. 하잘것없는 유리창 닦이 주제에 이게 무슨 생각인
가 하고. 그럴 때면 아직 다리가 후들거려서 그런 기분을 느낄 여
유가 없던 초짜 시절이 더 낫다고 생각한다.

곤돌라는 아까 지나왔던, 앉기 불편해 보이는 의자가 주욱 놓
인 방까지 올라왔다. 창틀에 남아 있던 물방울을 마른걸레로 닦
아냈다. 위층을 슬쩍 올려다보고 그 노부인이 보이지 않는 것을
확인한다. 다행이다. 만약 그 노부인이 창가에 있다면 어떤 얼굴
을 하고 대하는 게 좋을지 모를 것 같았다. 케이지가 올라가면서
내 시선도 점점 그 방으로 다가갔다.

과연 다시 새카만 창이 나타났다. 커튼이 완전히 쳐져 있어서
더 이상 집 안의 모습을 볼 수가 없었다. 청소에 집중하지 않았던
터라 걱정했는데 눈에 띄게 남은 물기는 없다. 그런데 창문에 뭔
가 묻어 있는 게 보였다. 얼굴을 가까이 가져가 보니 그것은 오염
물질이 묻어 있는 게 아니다. "3706". 창문 안쪽에서 립스틱인지

뭔지로 쓴 것이다. 그 뒤로는 그냥 검은색 커튼이 쳐져 있을 뿐이고 커튼 뒤에 노부인이 있는지 없는지 확인할 방도는 없다. 다만 희미하게 클래식 음악이 들린 것 같기는 했다.

옥상까지 돌아와서 곤돌라에서 내리자 반장인 소마 씨가 점심시간이라고 알려주었다. 예정보다 시간이 더 걸렸을 텐데 아무 주의도 받지 않았다. 미사키 씨는 자리를 뜨면서 "다음엔 더 멋쟁이 팬티를 입고 와" 하고 웃으며 말했다. 그 목소리가 몹시 컸기 때문에 나도 모르게 소마 씨 쪽을 흘끔 보았지만 그는 어느 라면 가게에서 점심을 먹을지 고민하느라 우리에게는 전혀 관심이 없는 것 같았다.

일을 끝내고 시나가와역에 도착했을 때는 아직 오후 4시가 되기 전이었다. 러시아워까지는 시간이 남아 있는데도 야마노테선에는 빈자리가 거의 없다. 그래도 청소도구가 든 큰 백팩이 미움받을 만큼 혼잡한 상태는 아니라서 안심한다. 입사했을 무렵에는 매일 출근해서 현장에서 작업복으로 갈아입었는데 최근에는 작업복 위에 오버올(작업할 때 의복이 더러워지는 것을 막기 위해 옷 위에 덧입는 긴 상의)을 코트 대신 걸치고 통근한다. 11호 차량에 탄

것을 후회하면서 도큐렌라쿠구치(JR 메구로역 승강장에서 계단을 내려간 곳에 있는 개찰구)로 향했다. 환승개찰구를 통과한 다음 10분에 한 번밖에 오지 않는 완행을 기다렸다.

평소처럼 승강장에는 여행 가방을 든 여행객이 여러 팀 있었다. 하네다로 가는 특급을 기다리는 손님이겠지. 중국어나 한국어로 이야기하는 아시아인은 물론이고 몸집이 큰 금발의 백인이나 히잡을 쓴 중동 사람도 눈에 띄었다. 5년쯤 전부터 역의 전광안내판에는 4개 국어가 표시되고 있다. 한글로 표시되는 몇 초간은 내용을 알 수 없어서 항상 발을 멈추고 기다린다. 이 거리에 일부러 바다 건너서까지 보러 올 만한 것이 있을까?

최근에는 하네다공항에 국제선이 많이 뜨고 있다고 했다. 나는 해외여행을 하고 싶다고 생각한 적이 한 번도 없다. 검색해보면 뛰어난 사진가가 촬영하고 공들여 보정한, 전 세계의 절경을 바로 찾아서 볼 수 있는 시대다. 짬 내서 그곳을 방문한 보통의 여행객이 그런 최고의 순간을 직접 볼 수 있을 가능성은 거의 없다. 고생해서 그 장소를 방문했다고 해도 실망할 게 뻔하다.

미사키구치행 쾌속특급 열차가 지나간 후 바로 도착한 완행에 올라탔다. 승강장에는 아직 커다란 여행 가방을 끌어안은 외국인이 서 있다.

두 번째 역인 신바바에서 내려 개찰구를 나왔다. 이륜차 거치소를 가로질러 가는 것이 집으로 가는 지름길이다. 거치소에는 잘 닦인 오토바이가 소중하게 주차되어 있었다. 흥미가 없어서 가격이 얼마쯤 되는 오토바이인지는 모르겠다. 실은 고가 아래에 있는 세븐일레븐 안을 통과해서 가는 쪽이 더 빠르지만 어리석게 쓸데없는 것을 사는 일을 피하기 위해 오른쪽으로 꺾어서 멀리 돌아간다.

가게 바깥쪽 벽에는 크게 '스태프 모집!'이라고 쓰인 포스터가 붙어 있었다. 주간에는 시급 1050엔, 22시부터 9시까지는 1313엔이라고 되어 있다. 계산을 해보려고 나도 모르게 멈춰 섰다. 어쩌면 지금 하고 있는 일보다도 급여가 더 좋을지 모른다는 생각이 들었기 때문이다. 아니다. 유리창 청소 일을 하는 이유가 단지 돈이 궁해서인 것만은 아니다.

공도카트(유원지의 레이싱카트 등을 공공도로를 달릴 수 있게 개조한 것)가 제1게이힌(도쿄 니혼바시에서 가나가와현 가와사키시를 거쳐 요코하마시 아오키도오리 교차점에 이르는 일반국도의 별칭)을 지나가는 것이 보였다. 스파이더맨이나 킹콩 분장을 한 한 무리의 외국인이 신나서 환성을 질렀다. 그들 중 한 명이 이쪽을 보고 손을 흔든 것 같았지만 나는 완전히 무시했다. 도로 건너편에도 세븐일레븐이 보였다. 저쪽은 시급이 얼마일지 아주 조금 궁금했지만 굳이 거기까지 가서 확인할 일은 아니다.

신바바에 살기 시작한 것은 우연이었다. 대학생 때 살던 다이타바시에서 되도록 먼 곳으로 옮기고 싶었을 뿐이다. 다이타바시에서 살던 무렵에는 역 옆의 오키나와 타운을 걷다가 아는 사람과 우연히 마주치는 것이 불편하지 않았다. 다른 대학의 친구를 사귀는 것도 나쁘지 않았다. 그런데 어느 때부턴가 그런 일이 성가시게 느껴졌다.

지금에 와서 보면 무리를 했던 거라고 생각한다. 무리를 해서라도 동아리에 들어가고, 무리를 해서라도 아침까지 노래방에서 버티고, 무리를 해서라도 취하고, 무리를 해서라도 친구 집에서 자야 한다고. 그것이 즐거운 일이라고 처음에는 믿었다. 대학생이라면 그렇게 해야 한다고도 생각했다. 지금도 그때의 사진이나 동영상을 다시 볼 때가 있는데, 그럴 때면 영상 속의 내가 정말로 유쾌하다는 듯이 크게 웃고 있는 걸 보고 놀란다.

대학생 시절을 돌아보며 무리를 했었네 어쨌네 하고 생각하는 건 허세일 뿐, 사실은 그때의 내 쪽이 더 행복했던 건가, 라고도 생각해본다. 그렇다고 지금의 생활이 아주 불만족스러운 건 아니다. 이야기를 나눌 사람이라고는 날마다 바뀌는 직장 동료가 전부이지만 혼자서라도 할 일은 많다. 바다 냄새는 완전히 사라졌다. 마루에츠(일본의 슈퍼마켓 체인)에 들르는 것도 그만두고 집으로 향했다.

시나가와 도서관을 빠져나가서 빈 페트병이 잔뜩 쌓인 미즈노 씨 집 옆을 돌면, 마지막 골목에 하이츠에가와 연립주택이 있다. 하얀 타일을 붙인 연립주택에는 좁은 길에 어울리지 않게 호들갑스러운 화단이 꾸며져 있다. 선대 집주인이 건재했을 때는 거기에 새하얀 장미를 키웠다고 하는데 아들이 주인이 된 뒤로는 잡초만 무성하다.

102호실 문 우편함에 난폭하게 꽂힌 광고지가 삐져나와 있었다. '로드바이크 전문점 3월 1일 오픈'. 문을 열고 마루가 깔린 바닥에 무거운 백팩을 내던졌다. 오버올만 벗어서 세탁기에 던져 넣고 냉장고를 연다. 만들어둔 미트소스와 드라이카레가 있었지만 식욕이 나지 않아서 문을 닫아버렸다.

이사할 때 전에 살던 집에서 침대와 소파를 가지고 왔다. 대학에 입학할 때 마련한 것들인데 버리고 왔으면 좋았을 것을 어째 선지 그러지 못했다. 그 소파를 놔두고 바닥에 주저앉았다. 이케 아에서 산 앉은뱅이 탁자 위의 맥북을 켜고 '그랑 드 스카이 시 오도메 임대'로 검색해 보았다. 17만 엔에서 215만 엔까지의 물 건이 나와 있다. 저층 원룸도 임대료가 저 정도라니. '스카이라운 지'가 있고 '컨시어지 서비스'가 있으니 그렇게 비싸도 된다는 건 가? 당연히 고층 쪽은 집세가 더 비싸다. 상자처럼 생긴 건물들이 빼곡하게 서 있는 갑갑한 시가지를, 그렇게 많은 돈을 내고 내려 다보고 싶다니 코미디라고 생각했다. 215만 엔짜리 방을 클릭했 다. 낮에 실컷 봤던 지나치게 넓은 거실이나 무늬가 새겨진 돌로 둘러싸인 화장실 등이 사진으로 올라와 있었다.

침대에는 오늘 아침 벗어 놓은 추리닝이 그대로였다. 그것으로 갈아입을까 하다가 입고 있던 티셔츠를 벗고 옷장에서 2년 전에 산 테드 베이커 셔츠를 꺼냈다. 아래는 애버크롬비&피치의 블랙 데님으로 갈아입고 집을 나섰다. 그러다 몸을 돌려 잠갔던 현관 문을 다시 열고 들어가 옷장 안에서 검은 야구 모자를 꺼내 손에 들었다. 만약을 위해서다.

오후 4시가 지났는데도 거리는 아직 밝았다. 매화가 핀 신사를

가로질러 마루에츠에 들렀다. 아마오우(あまおう, あかい(빨갛고)·
まるい(둥글고)·おおきい(크고)·うまい(맛있는) 딸기) 540엔, 사가
호노카(사가현에서 나는 딸기) 645엔, 미국산 호두 537엔, 에히메
산 캄페이(에히메현에서 개발된 감귤류의 일종) 645엔, 에히메산 이
요칸(감귤류의 일종) 537엔, 사가산 핫사쿠(감귤류의 일종) 537엔,
후쿠시마산 옥상키치 배 267엔, 스카이베리(외관이 매우 크고 맛이
좋은 딸기 품종) 1058엔 등이 눈에 들어왔다. 540엔짜리 아마오
우 쪽이 과실이 잘 익어서 맛있어 보였지만 결국 1팩에 1058엔 하
는 스카이베리라는 딸기를 손에 들었다. 계산대 앞에서는 히나아
라레(여자아이들의 축제인 히나마츠리 때 제단에 바치는 일본 과자)가
108엔에 팔리고 있어서 그것도 함께 사서 가방에 넣었다.

신바바에서 시나가와역까지 가서 혼잡해지기 시작한 야마노
테선으로 갈아타고 하마마츠초역에서 내렸다. 287엔. 한국어와
중국어 방송이 흘러나오는 개찰구를 빠져나와 구글 맵을 살피며
걸었다. 공사 중인 보행자 데크 옆에서 신호가 바뀌는 것을 기다
리는데 나와 엇비슷한 나이의 남자가 빨간 신호를 무시하고 곧
장 길을 건넜다. 아마도 여행자인 모양이다. 자동차가 오는 기색
은 없지만 나는 신호를 무시해야 할 만큼 급한 건 아니라서 신호

가 바뀌기를 기다리며 하릴없이 길 건너편에 보이는 빌딩을 살핀다. 신바바보다도 훨씬 커 보이는 마루에츠 매장의 내부, 그리고 계절에 안 맞는 일루미네이션이 설치되어 있는 광장의 나무가 보였다.

드디어 파란 신호다. 그랑 드 스카이 시오도메가 바로 눈에 들어오는데도 거리는 전혀 좁혀질 생각을 하지 않는다. 아직 밝아서인지 늘어선 빌딩들의 청소 상태가 저절로 눈에 들어왔다. 불경기라 그런가? 항만 지역이라서 한 달만 방치해도 소금기가 들러붙는다고 하는데 최근에는 청소를 3개월에 한 번밖에 안 하는 빌딩도 많아. 비늘처럼 붙어 있는 칼슘을 벗겨내는 건 원래 우리가 할 일은 아니잖아.

걸어가는 길에 내가 작업한 빌딩은 없었지만 그중 표면이 더러워져 있을 게 분명한 유리창 몇 개가 저녁 해를 난반사시켰다. 그 빛이 눈부셔서 눈을 조금 가늘게 뜬다. 새로 지은 빌딩 중에는 곤돌라가 설치되어 있지 않은 곳이 많다. 쇼타는 아직 로프 작업은 안 해봤지? 로프 작업이 진짜 해볼 만한 일이라고 얘기하는 녀석도 있지만 일부러 하려고 들 건 없어. 곤돌라가 없는 빌딩이 많기는 하지만 로프는 역시 어렵거든. 넌 아직 못 봤겠지만 난 로프 하다가 사람이 죽는 현장에 있어본 적이 있어.

드디어 목적지인 그랑 드 스카이 시오도메에 도착했다. 하지만 한동안 입구를 찾지 못했다. 오늘 아침에는 작업자용 출입구를 통해서 들어갔지만 거주자용 출입구가 따로 있을 것이다. 그러나 1층 부분이 요새처럼 나무로 가려져 있어서 출입구가 어디에 붙어 있는지 도무지 알 수가 없었다. 지상에서 올려다보니 빌딩은 엄청나게 높아서 마치 하늘을 떠받치고 있는 것처럼 보였다. 아까까지 내가 저렇게 높은 곳에 있었다는 사실이 갑자기 비현실적으로 느껴졌다.

결국 빌딩을 한 바퀴 돌고 나서야 겨우 출입구처럼 보이는 장소를 발견했다. 그것은 수도고속도로 반대편, 깊숙이 들어간 으슥한 곳에 위치해 있었다. 피라미드를 거꾸로 세워놓은 것 같은 거대한 돌에서 물이 졸졸 흘러나오는 기념물, 그 뒤쪽에 야단스러운 초록 코트에 실크해트를 쓴 남자 둘이 서 있었다. 그들 바로 옆에 있는, 높이 5미터 정도는 될 것 같은 검은 문이 맨션의 입구인 것 같았다.

가능한 한 침착한 걸음걸이로 실크해트를 쓴 남자들에게 다가갔다. 무슨 말을 들을지 몰라 방어 태세를 취했는데 거드름 피우는 인사가 돌아왔을 뿐이다. 깔끔하게 깃이 달린 셔츠를 입고 오길 잘했다고 생각했다.

검은 문을 지나니 아래쪽으로 계단이 길게 이어졌다. 천장과 벽은 검은색으로 통일되어 있었다. 어슴푸레한 간접조명이 익숙하지 않아서 발을 두 번쯤 헛디딜 뻔했다. 그림을 넣어둔 듯한 액자가 군데군데 걸려 있긴 하지만 무슨 그림인지는 잘 보이지 않았다. 여기 사는 부자들은 모두 눈이 좋은 걸까? 계단을 다 내려가자 번호키와 카메라가 달린 큰 인터폰이 설치되어 있었다.

딱 한 번 심호흡하고 나서 천천히 '3' '7' '0' '6' 번호를 눌렀다. 호출음이 15초 정도 울렸지만 응답이 없다.

아쉽다는 생각에 앞서 안도의 한숨이 흘러나왔다. 도대체 나는 뭘 하겠다고 여기까지 온 걸까. 이상한 야심 같은 걸 품어서는 안 되는 거였다. 단지 잠시 헷갈렸던 거다. 도대체 그 노부인을 만나서 뭘 하자는 건가. 그녀의 마음에 들어서 일확천금이라도 얻으려고 했나? 멍청한 망상에 빠졌던 것이 창피스러워졌다.

애초에 정말 그 노부인이 3706호에 살고 있다는 확증도 없었다. 노부인에게 속은 것이 분명하다. 창문 너머에서 찬바람을 맞으며 청소도 성실하게 하지 못하는 작업자를 놀려주자고 노부인은 생각했을지도 모른다. 멍청하게 그 술수에 말려서 여기까지 오고 말았다. 그 노부인은 어쩌면 쌍안경으로 고층 창밖의 지상을 내려다보면서 비웃고 있었을지도. 하지만 노부인을 욕할 일이 아니다. 속은 쪽이 잘못이니까. 그렇게 생각하며 발길을 돌리려는 순간, 눈앞의 커다란 문이 천천히 열렸다. 그것이 나를 위해 열린 것인지 아닌지 판단이 서지 않았지만 안에서는 아무도 나오지 않았다.

다시 마음을 정하고 문을 통과하자 이번에는 흰색으로 통일된 거대한 로비가 눈앞에 펼쳐졌다. 그리스의 파르테논 신전을 모방한 것처럼 기둥이 몇 개나 세워져 있고, 기둥 사이에는 비싸 보이는 검은 가죽 소파와 처음 보는 거대한 관엽식물이 있었다. 도서관에 있는 것 같은 매거진래크에는 신문과 잡지가 진열되어 있고 훌륭한 커피머신과 정수기도 있었지만 사람의 모습은 보이지 않았다.

이 로비는 지하에 해당되는지 창문은 천장에만 나 있다. 마치 더러운 눈이 쌓인 것 같은 색이지만 빛이 지나치게 들지 않도록 하기 위해 일부러 그렇게 만들어놓은 건지도 모른다. 그건 말이지, 정말로 배길 수가 없어. 회사에 들어간 지 2년 됐을 때였나. 사장이 어느 초등학교에서 유리창 청소를 하다가 갑자기 5층에서 떨어졌어. 학교는 정말 위험해. 건물 위에 로프를 설치한다는 생각이 아예 없어. 그러니까 그야말로 창문 밖으로 몸을 내밀고 그 몸 하나로 버텨야 해. 당시에는 몸을 완전히 내밀고 하는 작업이 자주 있었어. 사장이라고는 하지만 지금의 나보다도 젊지 않았을까? 분명히 서른두 살이었어. 부인은 아직 이십 대였고 말이지. 귀에서 피가 나오고 온몸이 경련을 일으키면서 다리가 이상한 방향으로 꺾여 있는 거야. 그나마 일요일이어서 다행이었어요, 라며 부인이 장례식장에서 내내 울었지.

"안내해드릴까요?"

초록 실크해트를 쓴 남자가 정중하게 말을 걸어왔다. 모처럼 준비해 온 모자를 쓰는 걸 잊고 있었다. 그러나 작업자의 얼굴을 일일이 기억하고 있지는 않을 것이고 게다가 아침에 만난 이 건물 직원들은 누구도 실크해트 같은 걸 쓰고 있지 않았다.

"3706호에 가고 싶은데요."

되도록 감정을 배제하고 말했지만 혹시나 목소리가 떨렸을지도 모르겠다. 혹시라도 거주자의 이름을 물으면 어떡하지 했는데 실크해트는 하얀 장갑으로 로비 맨 안쪽을 가리켰다.

"이쪽으로 곧장 가셔서 막다른 곳에 이르면 오른쪽을 보십시

오."

세 번째 원주를 지나친 곳에 다시 야단스러운 문과 번호키가 있었다. 이번에는 망설이지 않고 '3' '7' '0' '6'이라고 누른다. 하지만 30초쯤 인터폰이 울리는데도 아무런 반응이 없다. 잠깐 돌아보고 아무도 없는 것을 확인한 다음 한 번 더 천천히 '3' '7' '0' '6'을 눌렀다. 이번에는 10초쯤 지나서 문이 열렸다. 그 문 뒤로 긴 회랑이 나타났다. 일정 간격으로 배치된 오렌지색 샹들리에가 정사각형의 타일이 깔린 바닥을 비추고 있었다.

맞은편에서 부부 한 쌍이 유모차를 밀며 다가왔다. 체격이 좋은 백인 남자와 연한 화장을 한 일본인 여자 커플이다. 인사를 할까 말까 망설였다. 내가 사는 곳은 여섯 집밖에 없는 연립의 1층이라서 이웃과 만날 일이 없다. 다이타바시에 살 때 어머니가 하라는 대로 양쪽 옆집에 인사를 하러 갔다가 노골적인 냉대만 받고 돌아온 기억이 있다. 타워맨션에서는 어떤 식으로 예의를 표해야 하는 걸까? 부부의 웃음소리가 가까워졌다. 아래를 보고 있는 것도 이상하지만 눈을 마주치는 것도 싫어서 가능한 한 초점을 흐린 채로 앞을 보며 걸었다. 창문 너머를 볼 때 늘 그렇게 한다. 믿으니까 보인다. 믿지 않으면 보이지 않는다. 내가 신은 캠퍼스 스니커즈가 바닥을 밟는 소리와 부부의 말소리가 한 공간 안에서 확실하게 서로 공명한다. 강한 향수 냄새가 났다고 생각했을 때 그들은 이미 지나간 뒤였다. 내 쪽을 쳐다보지도 않고 로비를 향해 갔다. 믿으니까 보인다. 믿지 않으면 보이지 않는다. 그러나 돌아보니 부부의 모습이 똑똑히 보였다. 아직 3월인데도 백인 남자가 대충 입은 반팔 티에 반바지 차림이라는 것이 그제서야 눈에 들어왔다.

회랑의 막다른 곳까지 가니 통로가 두 갈래로 나뉘어 있었다. 왼쪽은 1층에서 29층, 오른쪽은 30층에서 55층이라고 표기되어 있는 것이 보였다. 오른쪽은 검은 문같이 되어 있고 다시 인터폰과 번호키가 설치되어 있다.

처음엔 긴장하고 눌렀던 '3' '7' '0' '6' 버튼을 이제는 아무런 망설임 없이 하나씩 누른다. 5초 정도 벨이 울리자 "네" 하는 소리가 나고 문이 열렸다. 상상했던 것보다도 부드러운 목소리다. 발음이 불명료한 것도 아니고 오히려 알아듣기 쉬웠다. 내가 멋대로 상상했던 건 더 엄격한 목소리였는데. 정말로 그 노부인인 걸까 아니면 역시 나는 속고 있는 걸까? 상대방에게만 이쪽 얼굴이 보인다고 생각하니 어쩐지 기분이 나빴다. 다섯 대의 엘리베이터가 늘어서 있었는데 상층행 버튼을 누르자 한가운데 위치한 자동문이 열렸다.

융단이 깔리고 의자까지 설치된 엘리베이터에 올라탔다. 정렬되어 있는 버튼에는 30, 31, 32, 33, 34, 35, 36, 37, 38, 39, 40, 41, 42, 43, 44, 45, 46, 47, 48, 49. 50, 51, 52, 53, 54, 55라고 작게 쓰여 있었다.

손가락 끝을 우왕좌왕하다가 겨우 37을 찾아내 버튼을 눌렀다. 나 외에 아무도 타지 않아서 다행이라고 생각했다. 위로 올라가기 시작한 엘리베이터 안에는 클래식 음악이 흘렀고 버튼 위의 작은 모니터에서는 맨션의 공지사항 방송이 흘러나왔다. '롯폰기 크로싱 개최' '카르티에 워치 컬렉션 특별 초대' 'BMW330i 데뷔 6,320,000엔'.

천장은 거울로 되어 있었다. 올려다보니 이곳에 어울리지 않는 초라한 행색의 스물세 살이 비쳤다. 잘 보면 셔츠는 주름투성이었고 얼굴은 여위어 홀쭉했다. 오늘 아침에 탄 엘리베이터는 천장도 벽도 바닥도 모두 쥐색이었다. 물론 모니터 같은 건 달려 있지 않았다.

37층에서 내려 검은 융단이 깔린 복도에 들어섰다. 위치를 알려주는 플레이트가 벽에 붙어 있었지만 조명이 어둡고 글씨도 작아서 눈이 저절로 가늘어졌다. 오른쪽인 것 같아서 그쪽을 향해 걷는데 찾고 있는 호수가 좀처럼 나오지 않는다. 3715, 3714, 3713. 거의 모든 집에는 숫자만 쓰여 있을 뿐 이름이 쓰인 문패가 없다. 부잣집이란 독방 같은 거라고 마음속에서 마구 욕을 해 댔다.

스니커즈가 내는 발소리는 두터운 융단에 흡수되어 사그라졌다. 일하러 갈 때 신는 신발과는 다른 것을 신고 왔지만 하얀 아랫부분이 매우 더러워져 있는 것이 눈에 들어왔다. 한순간 돌아가고 싶어졌다. 여기까지 오는 동안에 몇 번이나 시큐리티 게이트를 통과했는데, 설마 돌아갈 때에도 누군가의 허가를 받아야 하는 건 아니겠지. 마음만 먹으면 당장이라도 되돌아갈 수 있는 거다.

도어노브가 늘어선 복도를 걷고 있자니 숨쉬기가 답답했다. 머릿속에서 면접실의 문이 되살아났다. 면접을 보러 갈 때마다 이런 하잘것없는 일에 긴장할 리 없다고 생각하다가 막상 그 문을 여는 순간에는 항상 손끝이 떨렸다.

도쿄 빅사이트에서 개최됐던 합동기업설명회 귀갓길이었던가.

그때 면접시험용 검은색 양복을 차려입었던 나는 유리카모메(신바시역에서 도요스역을 잇는 '주식회사 유리카모메' 노선의 애칭)를 타고 오면서, 자기 자신을 팔지 못하는 인간에게 일할 능력이 있을 리 없다고 잘난 듯이 떠들며 동창들과 함께 웃었다. 몇 군덴가 들른 기업 부스에서 기업 담당자와 막힘없이 이야기를 나눌 수 있었던 나 자신에게 취해 있었던 건지도 모른다.

나는 어렸을 때부터 실패한 경험이 별로 없었다. 중학교 때까지는 시험 점수가 90점 아래로 내려간 적이 없고, 상위권의 공립 고등학교에도 어렵지 않게 입학했다. 대학은 제1지망은 아니었지만 '지정교 추천(대학이 지정한 교육기관(지정교)에 대해 추천 범위를 부여하고, 지정교에서는 진학을 희망하는 학생을 선발, 대학 등은 그 선발된 학생에 대하여 면접 등의 시험을 실행하여 합격 여부를 판정하는 입학시험 제도의 하나)'으로 턱 하니 합격했다. 대학에 들어와서는 대충대충 공부하면서도 대부분의 강의에서 A학점을 받았다. 착실히 공부를 하는데도 입시에 실패하거나 학점을 못 따서 쩔쩔매는 친구들을 이해할 수 없었다.

그래서 취업하기가 힘들다는 뉴스를 볼 때마다 어차피 남의 일이라고 생각했다. 덴마크에서 테트라팩(식품용 종이 용기를 개발·제조하는 국제 기업이자 그 용기의 옛 이름. 현재는 '테트라 클래식'이라고 부른다)을 수입하는 기업에 시험 삼아 응시해봤는데 간단하게 최종면접까지 올라갔다. 최종적으로 합격하지는 못했지만 그렇다고 의기소침해지지는 않았다. 그러기는커녕 역시 취업하는 건 별로 어려운 일이 아니라는 생각만 확고해졌다.

그러나 그 후로 연이어 본 입사시험에서는 최종합격은커녕 2차 면접까지 가는 기회를 잡는 것조차 쉽지 않았다. 나의 어디가 문제였는지 지금도 모르겠다. 친구들은 유명 기업에 차례차례 합격했지만 나는 최종면접에도 가보지 못했다. '베넷세(통신교육, 출판 등의 사업을 하는 일본 기업)'에 응시했을 때는 입사시험의 일환으로 그룹 디스커션을 했는데 떨어졌다. 그때 뒤돌아 나오는 탈락자들을 향해서 "오늘은 여러분이 각자 자신만의 깨달음을 얻고 돌아갔으면 합니다"라고 말하며 경박하게 웃던 젊은 남자 직원의 얼굴이 지금도 잊히지 않는다.

심장이 빠르게 뛰었다. 나는 '3706'이라는 플레이트가 걸린 문 앞에 섰다. 야단스러운 캐러멜색 문 옆에는 큰 렌즈를 내장한 인터폰이 벽에 박혀 있었다. 둘째손가락을 가슴 높이까지 올려보니 역시 손끝이 떨리고 있다.

손톱이 조금 자라 있었다. 애인이 없다는 것을 말해주는 것 같아 창피해졌다. 미사키 씨에게도 보였을까? 어쩌면 이 자라난 손톱을 보고 미사키 씨가 그런 행동을 한 건지도 모른다. 지상 200미터에서 하반신을 노출하는 것에 비하면 쉬운 일이라고 생각하고 인터폰을 눌렀다. 놀랍게도 캐러멜색 문은 곧바로 열렸다. 거기에는 약 여섯 시간 전, 유리 너머로 눈을 맞춘 노부인이 서 있었다.

"준비하고 기다린 것 같아 미안해요."

야무지고 낭랑한 목소리였다. 모든 것이 너무나도 갑작스러웠기 때문에 나는 어색하게 고개를 까딱하는 것이 고작이었다. 어서 들어오라는 노부인의 말에 집 안으로 들어갔다. 현관은 턱이 져 있지 않은 데다가 노부인이 하이힐을 신고 있었기 때문에 신발을 벗어야 하나 어떡하나 망설였는데, 발밑을 보니 검은 가죽 슬리퍼가 준비되어 있었다. 나를 물끄러미 보고 있는 노부인의 시선에 거북스러움을 느끼면서 스니커즈를 벗고 왼발부터 슬리퍼에 밀어넣었다. 아침부터 내내 신고 있던 검은 양말을 보이는 것이 창피했지만 어쩔 수 없다.

집 안은 밀크셰이크 같은 향이 가득 차 있었다. 복도에도 엄청난 수의 상자가 쌓여 있었는데, 그 공간에 단지 상자들만 있어서

인지 그다지 난잡하게 느껴지지는 않았다.

안내된 곳은 커다란 거실이었고 구슬픈 피아노곡이 흘렀다. 공간을 떠다니는 그 피아노 소리가 아무래도 기분 나빴다. 꺼져들 듯 이어지는 소리가 가슴을 답답하게 했다. 부자들은 늘 이렇게나 가라앉는 클래식을 듣는 건가.

창문 밖에서는 보이지 않았는데 테이블과 식탁의자가 가지런히 놓여 있고, 둥근 테이블에는 펜던트가 달린 두터운 테이블크로스가 덮여 있다. 높은 천장에 매달린 검은 차광 커튼이 창을 덮고 있는 탓에 바깥 풍경은 전혀 보이지 않는다. 창문 높이보다 길게 재단된 커튼이 창가에 놓인 상자 위까지 늘어져 있다. 그러나 창문 가장자리 부분에 아주 약간의 틈새가 있어서 거기로부터 빛이 들어오고 있는 것을 알 수 있었다. 클래식 음악이 흐르고 촛불과 노을빛만 들어오는 어두운 방은 딱 영안실이나 장례식장을 연상시켰다.

"4분 25초. 미안해요."

잠시 후 노부인이 이야기를 시작했다. 무슨 말인지 몰라서 노부인의 등을 응시했다. 그녀는 이쪽을 돌아보나 싶더니 의자를 하나 끌어당겨 주었다. 나는 그녀가 권하는 대로 앉았다. 고목을 이용한 검은 프레임에 식물 모티브를 배합한 천이 씌워진 의자였다. 그녀는 내 정면에 놓인 의자에 앉았고, 내 옆의 빈 의자에는 어째선지 브론즈로 만든 천사상이 뉘어져 있었다. 나팔을 불면서 이것 보라는 듯이 웃는 얼굴이 어쩐지 음산하게 느껴져서 나도 모르게 미간에 주름이 잡혔다.

"이탈리아 트리에스테의 벼룩시장에서 찾아낸 거예요. 덕분에 우리 여행 가방에는 천사밖에 들어가지 않았어요. 그래서 전부 버리고 왔지요. 버릴 때는 기분 좋았는데. 어차피 버릴 바에야 하고, 옷이고 책이고 모두 호텔 방에다 찢어버리고 나왔으니 도대체 무슨 일인가 했을 거예요. 우체국에서 배편으로 보내면 되지 않느냐고들 했지만 그런 게 아니에요. 이해할지 모르겠네."

나는 모르겠다는 얼굴을 하고 고개를 조금 옆으로 흔들었다. 거기에는 배로 보내는 것을 선택하지 않았던 이유를 모르겠다는 것만이 아니라 지금의 상황을 이해할 수 없다는 의미까지 포함되어 있었다.

"오카베하고는 크게 싸웠어요. 내가 찢은 옷 중에 오카베가 마음에 들어 했던 양복도 있었던 모양이에요. 그래도 어쩔 수 없잖아요? 우리가 이탈리아에 가져간 것들만 그대로 다시 가지고 돌아오는 거라면 모를까, 천사가 늘어났으니. 그런데 그쪽은 커피 마실 건가요?"

나는 끄덕였다. 내 얼굴은 필시 어리둥절한 표정을 하고 있었을 것이다. 우리는 아직 서로의 이름조차도 말하지 않은 채 천사의 이야기를 하고 있다. 마음 같아서는 "그런 건가요?" 하고 물어보고 싶었다. 부자들은 자신을 소개하지도 않고 천사 이야기를 하나요? 방 안에 무수한 상자를 쌓아 올리는 법인가요? 무엇을 위해서입니까? 그런 건가요? 그러나 나는 입을 다문 채 노부인이 주방으로 향하는 것을 지켜보았다.

새삼 방을 둘러보았다. 천장까지 높이가 3미터는 되어 보이는 거실에는 온갖 종류의 상자가 늘어서 있는 탓에 바닥은 거의 보이지 않았다. 내가 앉은 테이블과 의자는 상자에 둘러싸인 형세였다. 우리 외에 사람의 기척이 없는 걸 보니 혼자 사는 걸까? 오카베 씨라는 사람은 누구일까?

주방에서 돌아온 노부인의 손에는 오동나무 쟁반이 들렸고, 그 위에는 새하얀 커피잔과 정말로 먹음직스럽게 큼직한 딸기를 담은 접시가 놓여 있었다.

"드립백 커피라서 미안하지만, 미카게당케(엄선된 최고급 버터와 함께 볶은 원두로 내린 커피를 파는 커피 전문점)니까 봐줘요. 꽤 오래전에 고베에 사는 친구가 가르쳐준 건데, 버터가 배어 있어서 정말로 맛있어요. 몸에 쏙 스며드는 맛이지요. 거기 가면 커피 젤리도 팔고 케제쿠헨(독일 치즈케이크의 일종)도 판대요. 아아, 한 번 가보고 싶어."

그렇게 말하더니 노부인은 처음으로 웃는 얼굴을 했다. 그러고는 이내 자신이 웃는 얼굴을 나에게 보였다는 사실을 깨닫고 두 손을 둥글게 말아서 겹쳐 마치 소녀같이 수줍어한다. 나는 하얀 커피잔에 입을 가져다 댔다. 기름기 있는 식감이 느껴지는 것 말고는 세븐일레븐에서 가끔 사서 마시는 93엔짜리 커피와 뭐가 다른지 알 수 없었다. 내 미각에 문제가 있는 걸까?

"딸기가 상하지 않았으려나? 내가 사는 게 이래요. 재키가 와준 게 토요일이니까, 겨우겨우 현상 유지. 쓰네코는 매일 누군가를 부르라고 하지만."

오카베, 미카게당케, 케제쿠헨, 재키, 쓰네코. 노부인의 입에서는 차례차례 내가 모르는 고유명사가 튀어나왔다. 그 모든 것들의 의미를 안다 한들 상황은 아무것도 달라질 것이 없으므로 잠자코 딸기를 먹었다. 가느다란 은색 포크는 손에 쥐기가 불편해서 빨간 열매를 한 번에 찌르기가 쉽지 않았다. 정말은 손으로 집어 먹고 싶었지만 노부인이 보고 있을 것 같아 포크를 스푼처럼 사용해 겨우 딸기를 입으로 날랐다.

"이 딸기는 어디서 사셨나요?"

궁금한 게 많을 텐데도 참으로 실없는 질문을 하고 말았다. 이곳에 들어오고 나서 처음으로 한다는 말이 이런 멍청한 질문이라니.

"역시 상했나요? 미안하군요. 당신이 온다는 걸 알았다면 누군가에게 부탁해서 사 오라고 했을 텐데."

"아니, 맛있습니다. 무척."

물론 늘 먹는 딸기와의 차이는 알 수 없었다. 알이 크긴 했지만 먹어본 적 없는 맛은 아니다. 노부인은 커피를 한 모금 마시더니 엄지와 인지로 딸기를 집어서 입으로 날랐다.

"어머, 미안해요. 과일은 손으로 집어서 먹는 편이 맛있어서요."

"그런가요?"

그렇다면 처음부터 포크를 내놓지 않았으면 좋았을 텐데. 나도 손으로 집어서 딸기를 던져 넣듯이 입에 넣었다. 이번 것은 아까 것보다 달게 느껴졌지만 그건 분명 기분 탓일 것이다. 기름기가 있는 커피를 한입 더 마시고 노부인의 얼굴을 본다. 하지만 우선 무엇부터 물어보면 좋을지 생각이 나지 않는다. 이야기를 시작한 것은 역시 노부인이었다.

"있지요, 늘 창문을 닦나요?"

거짓말을 할 이유도 없기 때문에 솔직하게 내가 하는 일에 대해 설명했다. 빌딩 청소 중에서도 유리 청소로 특화된 코스모클리닝이라는 회사에서 일한다는 것, 매일같이 다른 빌딩을 담당한다는 것, 일하기 시작하고 1년 조금 더 됐다는 것 등등. 노부인이 묻는 대로 대답을 해나가다가 회사 이름까지 이야기했을 때에는 미사키 씨와의 일이 기억나서 난처하게 됐다고 생각했다. 하지만 어차피 조사하면 알 수 있는 일이다. 일대일의 문답을 하다 보니 기업의 채용시험을 보는 기분도 잠깐 들었지만 신기하게도 긴장은 되지 않았다. 노부인은 한바탕 질문을 끝내고는 가볍게 기침을 한 후 나를 정면으로 쳐다보았다.

"실은 부탁하고 싶은 게 생각났어요."

"부탁이요?"

"힘들면 못 하겠다고 해도 상관없어요. 만약 해줄 수 있다면 방식은 그쪽이 원하는 대로 해주면 돼요. 위험을 무릅쓰고 할 것까지는 없어요. 가능한 만큼만 하면 돼요. 물론 돈은 지불할 거고요. 부탁이 뭐냐 하면, 사진을 찍어 와 달라는 거예요."

이상한 의뢰였다. 노부인은 내가 청소하는 곳의 사진을 찍어 와 달라고 했다. 어떤 특정한 곳을 지정한 것도 아니다. 만약 그렇다면 거절했을 것이다. 예를 들어 사이가 안 좋은 자녀나 손주의 생활을 훔쳐보고 뭔가 흠이라도 찾으려는 것이라면 그런 일에는 말려들고 싶지 않았다. 그리고 어차피 나는 내가 원하는 맨션을 선택해서 청소하는 게 아니다. 대개 저녁이 되어서야 비로소 다음 날 집합 장소와 일할 곳이 메일로 온다. 건물은 아파트인 경우도 있고 오피스빌딩이나 병원인 경우도 있다. 어쨌든 특정 아파트의 어느 방을 훔쳐봐야 하는 것이라면 상당한 준비를 해야 하고 사람이 없는 시간에 몰래 숨어 들어가는 등, 일종의 범죄 행위를 해야 한다.

하지만 노부인은 어떤 곳이라도 좋다고 했다. 내가 유리창 청소를 하는 빌딩이라면 어디라도 좋으니까 사진을 찍어 와 달라는 거였다. 그것도 해서는 안 될 행위임에는 틀림없지만, 거절하더라도 먼저 노부인이 왜 그런 부탁을 하는지나 알고 하자는 마음에 가만히 있었다.

"고층맨션이란 곳은, 밖은 얼마든지 보이지만 안은 전혀 보이지 않아요. 지금 이 순간에도, 위에도 아래에도 오른쪽에도 왼쪽에도 사람은 있어요. 하지만 그 사람들의 모습은커녕 인기척 같은 것조차 느낄 수 없지요. 정말로 도쿄의 빌딩에 사람이 살고 있는지 확인해보고 싶어요. 어때요, 안 될까요?"

나는 긍정도 부정도 하지 않고 테이블 위로 시선을 떨어뜨렸다. 그런 거 확인하지 않아도 정말은 알고 있잖아요. 어느 건물에나 비슷한 구조의 집에 비슷한 인간들이 살고 있어요. 딸기는 아직 두 개가 남아 있었다. 그중 하나를 입에 넣고 어금니로 과육을 씹었다. 잘못 골랐다고 생각했다. 조금은 쓴맛이 혀에 스며들었다. 마치 감옥같이 번호가 쓰인 집마다 셀 수 없으리만치 많은 사람들이 고마워하며 자리 잡고 살고 있죠.

이미 반 이상 뭉크러졌을 딸기를 한 번 더 천천히 씹었다. 그러자 이번에는 단 과즙이 새어나오는 것 같았다. 아침이 되면 집을 나와서 밤이 되면 돌아가는, 기계장치 같은 인간이 집집마다 살고 있는 걸요. 완전히 뭉개져버린 과육을 혀 위에서 굴려보았다. 마치 무수한 알갱이들이 쓴맛과 단맛의 어느 쪽에 붙을지 겨루고 있는 것 같았다.

"밖은 얼마든지 보인다고 말하면서 왜 창문을 가리고 있는 겁니까? 낮에도 계속 커튼을 닫고 있었잖아요."

나는 아직 딸기를 삼키지 못하고 혀 위에서 굴리고 있다.

"가리고 있는 게 아니에요. 높은 장소에서 보는 경치란 게 저속하고 천하잖아요. 이런 것을 좋다고 하는 사람들이라니, 벼락부자 같아서 창피해요. 나는 사실 숲속의 외딴집에 살고 싶었어요. 그쪽은 아닌가요? 높은 데서 내려다보는 경치에 아직도 매력을 느껴요?"

어렸을 때는 딸기보다도 연유 쪽이 좋았다. 모리나가 밀크를 튜브 채로 빨아보고 싶었다. 하지만 어머니는 그것을 한 번도 허락해주지 않았다.

"저에게 도촬을 해 오라는 말씀이죠?"

"기록이라고 합시다. 응?"

과감히 딸기를 삼킨다. 그러나 이미 거의 아무 맛도 나지 않아서 쓴맛과 단맛 어느 쪽이 이겼는지 판단할 수 없었다.

"할 수 있을지 어떨지 모르겠지만…"

내가 그렇게 중얼거리자 노부인은 "아유, 잘됐어요"라며 얼굴에 희색을 감추지 못했다. 어미를 흐리며 답한 건데 멋대로 승낙의 답변으로 받아들인 것 같았다. 그녀는 방구석 상자 속에 놓였던 무거워 보이는 핸드백에서 하얀 가죽 수첩을 꺼내 들고는 다음에 만날 날짜를 정하고 싶다고 했다. 뭔가 기대를 안고 새로운 것을 결정하는 순간에 찬물을 끼얹는 것은 피곤한 일이다. 나도 주머니에서 아이폰을 꺼내 구글 캘린더를 열었다. 결국 다다음 주 일요일에 만나기로 했다. 내가 도촬을? 어쩐지 좀 사태가 엉클어지면서 자꾸 노부인의 페이스에 말려들어가는 느낌이다.

그녀는 돈을 가져오겠다면서 자리를 떴다. 지금 여기서 돌아가 버리면 노부인의 이상한 의뢰는 없던 일이 된다. 정말로 내가 도촬 같은 걸 할 수 있을까? 발각되면 어떻게 하지? 일찌감치 성실한 인생의 계단은 헛디딘 셈이었지만 설마 범죄에 관여하게 되리라고는 생각하지 못했다. 만약에 거절한다면 미사키 씨와의 일을 회사에 알릴까? 아니, 조금 전까지의 노부인의 거동으로 봐서는 그럴 염려는 없을 것 같다. 어쩌면 그녀는 눈이 나빠서 미사키 씨와 내가 무엇을 하고 있었는지 전혀 알아차리지 못했을지도 모른다.

난처하게 됐다는 생각과 들뜨는 기분이 뒤섞인 탓인지 심박수가 올라가고 있었다. 어떻게든 냉정해지자고 심호흡을 해보지만 마음은 조금도 안정되지 않았다. 상자로 가득 차 있는 어두운 거실을 둘러보았다. 조금 전까지 들어오던 빛은 이제 완전히 사라져서 검은 커튼과 밤의 경계조차 알 수 없게 되었다. 촛불이 만들어낸 내 그림자가 상자 위에 비치는데, 그림자의 경계선이 촛불의 흔들림에 따라 같이 흔들려서 좀처럼 윤곽이 잡히지 않는다. 한 번 더 심호흡을 해보려는데 숨을 들이쉴 때마다 밀크셰이크 같다고 생각했던 향이 자꾸만 달콤하고 비릿하게 느껴졌다. 테이블 위에는 딸기가 하나 남아 있었다. 그것을 잽싸게 티슈로 싸서 주머니에 넣었다.

몇 분 후 노부인이 돌아와서 나에게 검은 봉투를 건넸다. 50만 엔이 들어 있다고 했다. 본 적도 없는 거금에 놀라고 있다는 사실을 눈치 채이지 않도록 애쓰면서 공손히 받아 들었다. 이 돈은 카메라 같은 것을 사는 데 필요한 경비이고 기록을 가져와 주면 별도로 보수를 주겠다고 했다. 부자의 금전감각은 알 수 없다고 생각했다. 분명 노부인은 카메라 가격 같은 건 잘 모를 테니까 값을 속여서 조금은 돈을 남겨 먹을 수도 있을 것이다. 그런 구차한 생각을 하면서 50만 엔을 가방 안에 넣었다. 그때 마루에츠에서 사온 딸기의 비닐봉지 소리가 나서 깜짝 놀랐지만 노부인은 아무것도 눈치 채지 못한 것 같았다. 그 딸기를 좋다고 먼저 내밀지 않은 건 정말 잘한 일이라고 생각했다. 그런 커다란 딸기를 내오는 노부인이 그 딸기를 봤다면 틀림없이 나를 무시했을 것이다. 돌아가려는 나에게 노부인은 미쓰코시 봉투에 든 오동나무 상자를 손에 들려주었다. 과자 상자인 것 같았다.

현관에서 슬리퍼를 벗고 신발을 신었다.

"그러고 보니 4분 25초란 게 뭐였나요?"

"당신이 입구에서 인터폰을 누르고 나서 여기 도착할 때까지 걸린 시간. 불편하지만 이 건물은 도리가 없어요. 레지던스의 입구에서부터 여기로 올 때까지 시큐리티 체크가 세 번이나 있어요. 그때마다 나는 의자에서 일어나 인터폰의 버튼을 눌러 문을 열어줘야 하죠. 비인도적이라고 생각 안 해요?"

"고급 맨션도 살기가 힘들군요."

"쓰네코가 멋대로 정한 장소예요. 나는 그냥 어쩔 수 없이 살고 있을 뿐."

"실은 나도 높은 장소가 창피해질 때가 있습니다. 분명 이유는 다르겠지만."

긴 복도를 지나 엘리베이터로 지하 1층까지 내려갔다. 어두운 회랑을 지나고 장중한 로비를 벗어나서야 드디어 밖으로 나올 수 있었다. 나도 모르게 한숨을 쉬었다. 들이마신 찬 공기가 기분 좋다. 얼마나 긴장하고 있었는지 새삼 느낄 수 있었다. 냉정히 생각하면 그거 꽤나 살기 힘든 맨션이다. 특히 노인이라면 길고 어두운 복도를 매일 걷는 것 자체가 큰일일 것이다. 어쩌면 노부인의 가족은 그녀가 자유롭게 돌아다니지 못하게 하려고 이 맨션에 살게 하는 것인지도 모르겠다.

한 번 더 빌딩을 올려다보았다. 직선만으로 구성된 강철과 콘크리트 덩어리는 무척이나 폭력적으로 보였고 창문 너머로 보이는 몇 집인가의 불빛에서는 온기가 전혀 느껴지지 않았다. 조금 전까지는 철벽의 요새라고 여겼던 건물이 지금은 오로지 무기질의 감옥으로밖에 보이지 않는다. 노부인의 집을 찾아보려고 했지만 그 어두운 공간 속에서 그녀의 집을 콕 찍어 구별해내는 것은 불가능에 가까운 일이었다.

왔던 길을 되돌아서 하마마쓰초역을 향해 걸었다. 해는 완전히 졌지만 오피스빌딩에서 나오는 불빛이 눈부셨다. 긴장이 풀린 탓인지 아까는 눈에도 들어오지 않았던 도쿄타워가 기찻길 너머로 보였다. 붉은 기운이 감도는 빛이 짙은 감색의 밤하늘과 뒤섞였다. 그 바로 앞에는 문화방송이라는 글자가 각인된 빌딩이 서 있다. 여기에서는 창문이 거의 보이지 않는다. 그러고 보니 어렸을 때 집에서는 늘 요시다 데루미(일본의 남성 프리 아나운서이자 전 문화방송 아나운서)의 라디오 방송이 흘렀다.

갈 때는 그냥 지나쳤던 마루에츠에 들렀다. 오후 7시 전인데 도 손님은 그렇게 많지 않다. 국산 뱅어와 명태 밥 302엔, 굵은 면 소스 야키소바 321엔, 8품목 쌀국수 300엔, 죽순밥 도시락 429엔, 참치회 김밥 398엔. 의외로 반찬의 가격이나 상품의 종류 는 신바바의 마루에츠와 크게 다르지 않았다. 안쪽까지 깊숙이 들어가니 역시나 알코올 코너는 급이 다르다. 샴페인과 와인이 몇백 병이나 진열되어 있다. 발렌타인 17년 9698엔, 맥캘란 12년 6858엔, 모엣&샹동 6901엔.

과일 코너에는 아까 노부인의 집에서 먹은 것에 비해서는 퍽이 나 작은 딸기가 진열되어 있었다. 후쿠오카현산 아마오우 1280엔, 사가현산 이치고상 598엔, 도치기현산 도치오토메 498엔, 사가 현산 사가호노카 598엔. 다섯 개 남아 있던 것 중에서 한가운데 에 있는 도치오토메를 손에 들고 계산대로 향한다. 가방에서 지 갑을 꺼낼 때 50만 엔이 들어 있는 검은 봉투를 떨어뜨릴 뻔해서 식은땀이 흐를 정도로 놀랐다. 봉투를 가방 바닥에 단단히 밀어

넣었다.

　마루에츠를 나와서 빈약한 일루미네이션이 번쩍이는 광장의 벤치에 앉아 가방 안에서 스카이베리를 꺼낸 다음 돈봉투가 정확히 바닥에 있는지 다시 확인했다. 물로 씻는 대신에 휴대용 티슈로 딸기 표면을 닦았다. 498엔의 도치오토메, 1058엔의 스카이베리, 노부인의 집에서 들고나온 딸기 순으로 입에 넣어 보았다.

　"똑같잖아."

　나도 모르게 그런 말을 내뱉고는 웃음을 터뜨리고 말았다. 주위에 아무도 없다는 것을 확인한 뒤에 이번에는 소리 내서 웃었다.

3월 3일 비

  오늘은 아침부터 휴무였기 때문에 시부41계통(버스 노선 중 하나로 시부야역에서 오오이마치역까지 운행한다)의 도큐버스를 타고 오이마치역 앞의 야마다 전기로 향했다.

  파스모(일본의 수도권을 중심으로 전국의 철도와 버스에서 이용할 수 있는 IC카드)로 216엔을 지불했다. 지갑과는 별도로 갈색 봉투에 1만 엔 지폐를 열 장 넣어 왔다. 평상시에는 기껏해야 1만 엔 정도의 현금을 갖고 다니던 게 고작이라 나도 모르게 가방을 힘주어 끌어안았다. 니시구치로터리에서 내려 아트레(JR히가시니혼과 그 자회사인 주식회사 아트레가 공동으로 개발·운영하는 역 빌딩)

의 개찰구 앞을 지나 동쪽 출입구를 향해 걸었다. 두터운 구름에 덮인 짙은 잿빛 하늘을 보니 언제 비가 쏟아져도 이상하지 않을 날씨다. 가족들이 함께 나와 북적거리는 2층의 야외 쉼터에서 야마다 전기로 들어가 에스컬레이터를 타고 3층의 카메라 코너로 올라갔다.

노부인과 헤어져서 집으로 돌아온 후 어떻게 하면 효율적으로 사진 촬영을 할 수 있을지 조사해봤다. 단순하게는 곤돌라가 멈춰 섰을 때 방을 향해 카메라를 들이대고 사진을 찍으면 좋겠지만 그건 지나치게 노골적인 방법이라서 금방 문제가 될 것이다. 미사키 씨라면 못 본 척해줄 수도 있겠지만 그렇다고 해도 입주자로부터 불만이 나오면 심각한 문제가 될 수 있다. 동영상을 촬영할 수 있는 도구를 사용해서 일하는 내내 영상을 찍고, 나중에 필요한 장면만 골라서 잘라내는 것이 더 현실적일 것이다. 좋아. 동영상 촬영 도구를 사자. 인터넷에서 사면 좋겠지만 동영상 촬영용 웨어러블 카메라는 고가의 물건이니 실물을 보고 사는 게 좋겠다고 생각했다.

카메라 코너에는 고프로GoPro만 해도 몇 기종이나 진열되어 있어서 어느 것을 선택해야 좋을지 알 수 없었다.

"액션캠을 찾고 계십니까? 스노보드를 탈 때라든가 여행 갈 때 한 대 있으면 좋지요."

'너는 스노보드 같은 거 절대로 안 타겠지'라고 말하고 싶어지는, 홀쭉하게 여윈 체형의 안경 낀 점원이 그렇게 말했다. 평소라면 "그냥 둘러보는 중"이라고 말하고 무시했을 텐데 오늘은 비싼 물건을 사는 거라 이야기를 청해서 듣는다.

"여기 진열된 카메라들은 어떻게 다른가요?"

"예를 들어 고프로의 경우 모델에 따라 손 떨림에 강한지 어떤지가 달라지죠. 여러 모델이 있습니다만, 블랙 같은 건 상당히 격렬한 움직임 속에서도 정확한 촬영을 할 수 있습니다. 그리고 1세대 전의 HERO 6, HERO 5나 최신 모델인 HERO 7의 화이트와 실버는 라이브 스트리밍이 불가능한데요, 그에 비해 HERO 7 블랙의 경우는 유튜브에서도 라이브를 쉽게 할 수 있습니다. HDR, 스테레오 음성, GP1칩이 모두 들어있는 것이 블랙입니다. 그리고 화이트나 실버와 달라서 배터리 교환이 가능하기 때문에 장시간 사용하는 분께 추천하는 상품이에요. 저희 가게에서 가장 잘 팔리는 것이 HERO 7 블랙입니다."

HERO 5 블랙은 3만 7000엔, HERO 6 블랙은 4만 2800엔,

HERO 7 화이트는 3만 1860엔, HERO 7 실버는 4만 1580엔, HERO 7 블랙은 5만 3460엔. 평소라면 망설이지 않고 싼 제품을 샀을 테지만 가까스로 알아들은 '가장 잘 팔린다'는 한마디 말에 의지하여 HERO 7 블랙을 사기로 했다.

3132엔 하는 예비 배터리 세 개와 1만 9137엔이나 하는 소니의 128GB 마이크로 SD카드도 함께 구입했다. 계산대에서 1만 엔 지폐를 아홉 장 내고 8007엔의 거스름돈을 받는다. 포인트 카드를 어떻게 할지 물어서 포인트 적립 정도는 내가 챙겨도 괜찮겠지 하고 지갑 안에서 옛날에 만든 카드를 꺼냈다.

아트레에서는 626엔짜리 초밥만 사서 다시 시부41을 타고 집으로 돌아왔다. 오는 동안에도 손에 든 아이폰으로 카메라에 대해서 알아봤다. 즉석에서 결정해서 5만 엔이 넘는 '고프로'를 사버렸지만 정말로 그것이 최선의 선택이었는지 불안했기 때문이다. 카가쿠닷컴(컴퓨터나 AV기기를 중심으로 한 전자제품의 가격 비교 웹사이트)에서 확인해본 결과 최저가가 4만 4800엔이라는 것을 알았다. 포인트를 생각해도 3000엔 좀 안 되게 손해를 봤다는 계산이 나오지만 기다리지 않고 오늘 바로 구입했다는 걸 위안으로 삼았다.

그러나 검색을 계속해보니 펜형 카메라나 소형 핀홀카메라 등, 남의 집 사진을 몰래 찍는 데 더 적합해 보이는 제품을 여럿 확인할 수 있었다. 고프로를 산 게 정말로 잘한 일일까? 정신을 차리고 보니 '최근 검색'에 '도촬'이라는 말만 주욱 늘어서 있는 것에 놀라고 황급히 검색기록을 휴지통으로 던져 넣었다.

그때였다. 액정 화면 중앙에 '어머니'라는 글자가 나타났다.

어머니는 항상 안 좋은 타이밍에 전화를 한다. 버스 안이기도 해서 망설이지 않고 '거부' 버튼을 눌렀다. 차창 밖을 내다보니 버스는 신바바역 앞의 교차로를 돌아서 타워코트 기타시나가와 앞까지 와버린 상태였다. 서둘러 하차 버튼을 누르고 다이이치산쿄(도쿄에 본사를 둔 제약회사) 앞에서 내렸다.

사이타마의 사키쿠시에 있는 고향집에 가지 않은 지 1년이 넘었다. 어머니와 싸운 건 아니지만 여하튼 이번 연말연시에는 집에 가지 않을 생각이다. 버스에서 내릴 때 다시 휴대폰 진동이 울렸다. 이번에는 어머니로부터 문자메시지가 들어와 있었다. 버스에서 내린 후에 할 수 없군, 하는 심정으로 열어 봤는데 거기에는 예상 밖의 내용이 쓰여 있었다.

'쑥 모임 사람들과 논의한 결과 반년 후에 있는 시의회 선거에

나가는 게 좋겠다는 이야기가 나왔다. 너는 어떻게 생각하니?'

느닷없이 날아든 '선거에 나간다'라는 말에 허를 찔리고 말았다. 여동생에게서 어머니가 최근 새 도로 건설에 반대하는 자연보호 운동에 열심이라는 이야기를 들었지만 설마 의원이 되어보겠다고 할 줄은 꿈에도 몰랐다.

'시에서 하는 설명회에 갔었는데 역시 엉망진창이었어. 30년 전의 도로계획으로 우리 시의 심볼이었던 쑥밭이랑 잡목림을 파괴하려는 거야. 너도 쑥떡 좋아했었지? 아직 마음을 정하지 못했으니 연락 좀 줘라.'

초등학교 교사인 어머니는 옛날부터 잘못된 일을 보면 그냥 넘기지 못하는 성격이었다. 지금의 내가 보자면 상식에 얽매인 답답한 성격의 소유자가 아니었을까 한다. 아버지와 이혼한 것은 그 때문이었을 것이다. 그러나 그 성실함으로 인해서 어느 날 갑자기 정치운동에 눈떠버린 거라면 "하지 마"라고 말하고 싶다. 일개 시의원이 정책을 바꿀 힘을 가질 수 있을 것 같지도 않고, 무엇보다도 어머니가 그 지역에서 선거활동 하는 모습을 상상하니 소름이 돋았다. 그 시골의 아줌마가 행인이 드문 쑥밭 앞에서 연설을 한다는 건가. 그러다가 낙선이라도 하게 되면 이웃 사람들이 뭐라고 입방아를 찧을 것인가.

'창피하니까 그만둬'라는 답을 입력하다가 '그런데 요즘 하는 일은 어떠니?'라고 물으면 어떡하지 하는 생각이 들었다. 어머니는 내심 내 일에 대해서 묻고 싶어서 안달이 나 있을 것이다. 그러나 그녀 나름으로 배려해서인지 꼬치꼬치 물어보는 일은 일절 없다. 여동생을 통해 막연하게나마 내가 무슨 일을 하고 있는지 알고 있을지도 모르지만 내 쪽에서는 아무 말도 하지 않는 것을 보고 그 일이 내가 원해서 한 선택이 아니라는 것을 눈치챘을 것이다. 혹은 자신의 정치운동에 바빠서 그런 생각을 할 경황이 없을지도 모른다.

망설이다가 결국 답을 보내지 않았다. 진정되지 않는 기분을 바꿔보려고 주변 풍경에 의식을 집중한다. 메구로 강변에는 벌써 매화가 꽤 피었다. 비가 내리기 시작했다. 다운재킷의 후드를 머리에 썼다.

하이츠에가와로 돌아와서 가방 안에 든 초밥을 밥상 위에 꺼내 놓으면서 고프로를 개봉했다. 투명한 강화 플라스틱 케이스를 여니 글자 없이 일러스트만으로 되어 있는 설명서가 나왔다. 전 세계를 대상으로 판매하는 것이니 어느 나라 사람이든지 실수하지 않고 세팅할 수 있게 그림으로 설명해놓은 것일 테다. 그런데 틀림없이 설명서 상의 순서를 지켰는데도 좀처럼 카메라 본체가 좌대에서 빠져나오지 않았다. 억지로 힘을 주면 빠져나올지도 모르지만 케이스가 망가져 버릴까 봐 겁났다. 어쩔까 하다가 검색창에 'GoPro 개봉'이라는 말을 넣고 검색을 했다. 유튜브에 있는 〈[개봉]GoPro Hero 7 Black 리뷰〉라는 동영상을 보고, 겨우 카메라를 좌대와 보호 케이스에서 빼낼 수 있었다. 본체를 USB에 연결해서 충전을 시작하면서 앱을 설치했다. 그런데 렌즈 부분이 생각보다 컸다. 이대로는 블랙 기종이라고 해도 촬영하는 걸 들켜 본전도 못 찾게 될 수 있다. 빨래 건조대에서 방한용 오버올을 가져와 기기를 감출 만한지 살펴봤다. 오버올 전체가 짙은 남색이니까 가슴 포켓을 개조하면 눈에 잘 띄지 않을 것 같았다.

역 앞의 세븐일레븐에서 249엔 하는 순간접착제와 520엔 하는 바느질 세트를 사서 방으로 돌아와 고프로를 오버올 속에 안 보이게 장착했다. 배터리를 교환하거나 충전할 수 있게 틈새를 남겨 두는 것도 잊지 않았다. 실과 바늘을 사용하는 건 중학교 가정수업 이후로 처음이었지만 유튜브에서 검색한 '기본 바느질법'이라는 동영상 덕분에 크게 고생하지 않고 작업할 수 있었다.

그러고 보니 부모님이 이혼한 것은 내가 중학생 때였다. 초등학교 교사인 엄마와 장거리 트럭운전사인 아버지는 애초부터 마음이 안 맞았을지 모른다. 서로 노상 싸움만 했었으니까. 이혼을 결정했다고 들었을 때는 나도 여동생도 모두 '휴' 하고 마음 놓았던 것으로 기억한다. "아버지같이 되지 마라"가 입버릇이 된 어머니는 지금의 나를 보면 어떤 생각을 할까?

오버올을 입고 세면대 거울 앞에 서 본다. 주의 깊게 관찰하면 가슴께가 조금 부풀어 있고 카메라 렌즈가 주머니 구멍 사이로 슬쩍 보인다는 것을 알 수 있다. 빨리 실습을 해보고 싶었다. 아직 17퍼센트 밖에 충전이 되지 않았는데도 오버올을 입고 나가 보기로 했다. 현관에서 스니커즈를 신으면서 어머니에게 '마음대로 해요'라고 문자를 보냈다. 곧바로 긴 답신이 왔지만 읽지 않은 채 지워버렸다.

3월 5일 맑음

오늘은 나카무라와 함께 곤돌라를 타게 되었다. 그는 나보다
딱 한 살이 많은데 고지식하게 일하는 것으로 유명했고 그 덕에
욕도 많이 얻어먹는다. 지금도 옆에서 가슴벨트가 정확히 장착되
어 있는지 확인하는 데 여념이 없다.

나는 오른손으로 가슴께를 숨기듯이 하면서 왼손을 옷 안에
넣어서 고프로의 전원을 켰다. 그러자 세 번이나 크게 삑 하고 비
프음이 울렸다. 그저께부터 버튼 누르는 연습을 그토록 열심히
했는데 소리 문제를 고려하는 건 깜박했다.

긴장한 티를 감추고 나카무라 쪽을 보았다. 그는 아직도 장비

를 점검하는 일에 온정신을 쏟고 있었다. 이번에는 스퀴지의 상태와 낙하방지 코드의 연결 부위를 확인하고 있다. 야마구치 씨와 도노오카 씨는 조금 떨어진 장소에서 작업 준비에 열중하느라 이쪽 일에는 무관심했다. 어쨌든 녹화 버튼을 누르는 타이밍에 한 번 더 소리가 날 게 분명하다.

그 자리에서 바로 무음 모드로 바꾸고 싶었지만 그러려면 일단 카메라를 오버올에서 꺼내야 한다. 이미 가슴벨트를 장착했기 때문에 카메라를 꺼내기 위해서는 화장실에 가야 하는데 그건 번거로운 일이다. 나카무라는 이번엔 안전모에 손상이 없는지를 확인하고 있는 참이었다.

그에게 등을 돌리고 녹화 버튼을 누른다. 이번에는 딱 한 번이었지만 역시 비프음이 울렸다.

"쇼타 씨."

숨이 멎는 줄 알았다. 설마 이렇게 금방 발각될 거라고는 생각하지 않았는데. 천천히 나카무라 쪽을 돌아보았지만 차마 눈을 마주치지 못하고 시선을 비켜 가게 두었다. 그가 나에게는 아직 좀 어울리지 않는 작업복의, 정확히 가슴께를 보았다.

"그 벨트 헐거운 거 아닌가요? 괜찮아요?"

나카무라는 무표정하게 내 가슴께에 감긴 가슴벨트를 가리켰다. 긴장이 풀리면서 '휴' 하고 안도의 한숨이 나오려고 하는 걸 꾹 참았다. 내가 입사했을 무렵에는 허리에 감는 안전띠만 착용하면 됐었지만 작년 여름부터 가슴벨트까지 전부 장착하는 것이 의무화되었다. 허리에 감는 안전띠만 하면 낙하로부터는 몸을 지킬 수 있겠지만 복부가 압박을 받아 죽을 수도 있다. 그 사람은 자신이 변태가 된 것 같다는 이유로 가슴벨트를 싫어했었다.

"확인해보겠습니다."

나는 평소의 배 정도로 꼼꼼히 점검하고 나서 나카무라와 함께 곤돌라에 올라탔다. 날씨가 쾌청했다. 짙은 감색 하늘이 마치 아이들이 빈틈없이 칠한 그림처럼 스카이라인을 감싸고 있었다. 이 빌딩에서는 롯폰기힐스에서부터 도쿄타워까지 시야에 들어오는데, 바로 가까이에 다른 고층 건물이 없는 만큼 하늘이 더 넓게 느껴졌다. 바로 발밑에는 지저분한 단독주택도 많았지만 그래도 모두 집값이 1, 2억은 족히 나갈 것이다.

"부숴버리고 싶어지죠."

"네?"

"일등지인데도 토지 효율이 너무 나쁘지 않나요?"

나카무라는 마치 내 마음을 읽은 것처럼 말했다. 그와는 연수나 간담회에서 얼굴을 마주한 적은 있지만 옥외 유리 청소 작업으로 한 팀이 된 건 처음이다. 나는 긍정도 부정도 하지 않고 양동이에 샴푸봉을 처박았다가 꺼내 눈앞의 유리를 기세 좋게 적신다.

"도쿄는 토지 이용의 고도화라는 면에서 압도적으로 미흡하다고 생각해요. 도심의 고층화를 적극적으로 진행한다면 연건평이 늘어날 뿐 아니라 화재가 번지기 쉬운 밀집 시가지를 줄일 수 있을 겁니다."

나카무라는 후배인 나에게도 경어로 이야기한다. 어려운 말을 많이 쓰는 것에 비해서 하는 말에 대단한 내용이 있는 건 아니라는 평판이었지만 실은 상당히 지적인 인물일지도 모른다. 어쨌든 간에 그가 자신의 지론을 주장하는 데 집중해주면 가슴께의 카메라를 들킬 염려는 없을 것이다. 나는 상반신을 한껏 사용하여 창문 폭이 넓은 빌딩을 닦아나갔다. 최상층은 레스토랑인 것 같은데 아직 10시 전이라서 사람이 거의 없었다.

"이 사원식당, 유명한 모양이에요. 인테리어는 멋을 부렸는데 맛은 형편없다고."

나카무라는 어떻게 그런 걸 알고 있을까? 어젯밤, 집합장소 메

일을 본 뒤에 조사한 걸까? 빌딩은 지은 지 얼마 안 됐는지 유리창 너머로 보이는 인테리어가 완전히 새것이었다. 스퀴지를 움직이다가도 몇 번이나 가슴께에 신경이 간다. 다행히 옆의 나카무라는 아직 도쿄의 도시 계획에 대해서 열심히 이야기하는 중이다.

우리 같은 유리창 청소부가 아래를 내려다보며 침 튀기며 열변을 토한들 누가 들어줄 것인가.

눈앞의 유리는 조금 푸른빛이 도는 것 같았다. 오늘 하늘이 지나치게 맑은 탓인지도 모른다. 너무 눈부신 건 싫은데 말이야. 더 어두워지고 나서 일하는 날이 있어도 좋지 않을까. 그 섬에선 분명 그렇게 할 거야. 당연히 그럴 거야.

"용적률의 규제도 그런데요, 부동산 취득세가 토지의 유동성을 지나치게 위축시키고 있을 가능성도 생각해봐야 하지 않을까요."

얼음 사막. 읽은 책에는 그렇게 쓰여 있었어. 그 호텔은 눈과 얼음으로 만들어진 산 중턱에 있는 모양이야. 건물 자체는 두꺼운 콘크리트로 되어 있지만 입구와 지붕에는 조각 작품들이 붙어 있어. 사진으로 봤는데 그게 미러볼 조명같이 빛을 뿜어내는 거야. 눈부실 정도로 환한 빛이 캄캄한 섬을 마치 등대처럼 비쳐줘. 끝없는 메아리. 그게 조각의 이름이라나 봐. 그 섬에선 어떤 소리가 나길래 그런 이름을 붙였을까. 지금은 검색하면 뭐든 나오잖아. 나도 그 호텔에 대해서는 빠짐없이 검색해봤는데 어떤 소리가 나는지는 알아낼 수가 없었어. 실제로는 아무 소리도 없는 건지, 눈이 뽀드득거리는 소리가 나는 건지, 동물이 우는 소리가 나는 건지. 그러고 보니 말이야, 쇼타 넌 어디 출신이었더라? 자연이 시끄럽다는 건 아냐? 재작년에 부모님을 모시고 이즈모에 갔었어. 저녁을 다 먹고 목욕도 했는데 아직 9시 전인거야. 이즈모타이샤(出雲大社, 일본의 시마네 현 히카와 군에 있는 신사) 가까이에 숙소를 잡은 김에 혼자서 산책을 나갔어. 횡단보도를 건너서 이즈모타이샤 앞에 도착했는데 정말로 사방이 캄캄하더라고. 검은 숲에는 큰 나무들이 우거져 있어서 도리이(신사 입구의 문으로 홍살문과 비슷하다)를 지나 참뱃길을 걸어가는 그 길이 정말로 으슥하게 느껴졌지. 유령이 나올 것 같은 분위기여서 그랬던 게 아냐. 오히려 유령조차도 없을 것 같은, 아무도 없는 것의 공포라고나 할까. 걸어도 걸어도 본전은 나올 기미가 보이지 않고 마주치는 사람도 하나도 없었어. 하지만 신기하게도 소리만은 계속 커져갔어. 무슨 소리였는지 알아?

"인바운드(외국인의 국내로 들어오는 여행)를 늘리라고 하지만, 그러다가 치안이 불안해질 수도 있다는 점은 고려하고 있는지 모르겠어요. 최근 도쿄에 외국어 안내방송이 지나치게 많은 것 같지 않아요?"

물소리였어. 물론 바람이 나무를 흔드는 소리도 나고 내 발이 자갈을 밟는 소리도 났을 테지만 그런 소리는 나지 않고 있다고 해도 좋을 정도로 물 흐르는 소리만 주위에 꽉 차 있었어. 그게 착각이라는 걸 알겠는데도 마치 헤드폰에서 소리가 쾅쾅 흘러나오는 것처럼 그 물소리가 귀에 따가울 정도로 크게 울렸어. 본전 쪽으로 가까이 다가갈수록 그 소리는 더 커졌는데, 게다가 그건 하나의 소리가 아니라 여러 종류의 물소리가 겹쳐서 들리는 거였어. 초즈야(手水屋, 신사에서 참배자가 손을 닦거나 입을 씻어내기 위해서 물을 받아두는 건물)를 흐르는 물소리인지 강물 소리인지, 아니면 폭포 소리인지. 10분 정도 가니까 드디어 본전이 보이기 시작했는데 본전이 시야에 들어온 순간 물소리가 딱 멈추는 거야. 내 말이 거짓말 같지? 아마 내 의식이 눈에 보이는 본전에 집중하니까 청각이 시각에 자리를 내주고 물러간 걸 테지. 얼음 사막에 가면 어떤 소리가 들릴까? 영상을 보면 엄청 드라마틱한 BGM이 들어있거나 내레이션이 더해져 있어서 얼음사막 자체에서는 어떤 소리가 나는지 도무지 알 수 없거든. 예를 들어 이즈모라면 기껏해야 열네 시간도 걸리지 않아서 날이 밝아. 하지만 섬에서는 밤이 3개월도 더 넓게 계속돼. 그 섬에 인류가 처음으로 당도한 것은 분명 여름이었을 거야. 만약 겨울이었다면 겨울에는 밤이 너무나도 길게 계속되니 그 밤의 어둠이 '영원'히 계속된다고 생각해서 어떻게든 도망쳤을 테니까.

영원. 그 사람은 J-POP의 가사로밖에 들은 적이 없는 것 같은 그 말을 정말로 사용했던 걸까. 유리창 너머에서는 100명 정도의 직원들이 모여 있고 누군가가 인사말을 하는 중인 것 같았다. 양복을 입고 있는 사람은 반 정도이고 나머지는 대충 편하게 입은 복장이다. 원의 중심에는 머리를 밝게 염색한 6인조가 서 있었는데 그들이 갑자기 사무실 안에서 춤을 추기 시작했다. 이 빌딩에는 예능사무소 같은 것이 입주해 있는 모양이었다. 나카무라에게 물어보면 알 수 있을 것 같았지만 일이 끝나고 나서 직접 알아보자고 생각했다. 옆자리의 그는 계속해서 잘난 척하는 말을 늘어놓고 있었다.

나카무라를 곁눈으로 관찰하고 있자면 샴푸봉이나 스퀴지의 움직임이 일정하지 않고 창문에 따라서 달라진다는 것을 알 수 있었다. 어느 창문에서는 원을 그리듯이 닦나 싶다가도, 다른 창문에서는 대각선 동작이 엄청 많아진다. 그런 만큼 안 닦이는 부분이 많았다.

"나카무라 씨는 닦는 방식이 독특하네요."

"난 내 룰에 따르고 싶거든요."

자기 나름의 그 룰 때문에 유리창에 물방울이 몹시 많이 남거나 줄이 생겨버린다는 사실을 지적하고 싶었지만 그와 불필요하게 얽히고 싶지 않았다. 곤돌라를 상승시킬 때 서 있는 위치를 바꿔서 내가 마른걸레로 손질하면 되겠지. 가슴께에 시선을 떨어뜨리고 위아래가 붙은 작업복 위로 고프로를 만진다. 어차피 제대로 작동하고 있는지 어떤지는 나중에 확인할 수밖에 없는데도 자꾸만 신경이 쓰여 손이 나가게 된다. 나카무라는 전혀 눈치 채지 못했을 것이라고 생각하지만 눈치 빠른 누군가와 콤비가 됐을 때 같은 일이 벌어지면 난처할 것이다.

옥상으로 돌아와서도 나카무라는 계속 지론을 읊었다. 나는 화장실에 간다고 하고 칸막이 안에서 고프로의 배터리를 교체했다. 무음 모드로 전환하고 조금 전까지의 영상이 제대로 촬영됐는지도 확인했다. 화면에 흔들림이 있었지만 일시정지시키자 맨 안쪽까지 선명하게 찍힌 게 보였다. 다른 기종이 아니라 고프로를 선택하길 잘했다.

아무렇지도 않은 얼굴로 옥상으로 돌아가니 야마구치 씨와 도노오카 씨가 나카무라의 이야기에 열심히 귀 기울이고 있었다. 뭔가 했더니만 이 빌딩은 레코드회사가 새로 지어 올린 빌딩이고 조금 전 춤추던 사람들은 그들이 데뷔시킨 새 댄스그룹이라는 이야기였다. 나는 전혀 흥미가 없었지만 고개를 크게 끄덕이면서 경청하는 시늉을 했다.

고프로에 익숙해지기 위해서 귀갓길에도 녹화 스위치를 켠 채로 두었다. 오모테산도역에서 신바바역에 도달할 때까지의 32분 동안 남모르게 촬영하고 있다는 사실이 발각되지 않을까 걱정돼서 좌불안석이었다. 그러나 폰으로 검색해보니 공공장소에서의 촬영 행위는 외설 목적이 아닌 한 범죄가 아니라는 설명이 있었다. 어차피 인터넷 정보니까 정말 그런지 어떤지는 알 수 없지만 혹시나 싶어 전철에서 내릴 때까지 웹브라우저의 페이지를 쉼없이 살폈다.

뭔가 시선이 느껴져서 슬쩍 오른쪽을 보니 양복 차림의 중년 남성이 화웨이 스마트폰으로 포켓몬 GO를 하고 있었다. 휴우 하고 가슴을 쓸어내림과 동시에 갑자기 어떤 기억이 떠올랐다. 그 게임이 출시된 것은 마침 같은 학번들이 인턴에 응모하거나 취업할 회사를 찾아다니기 시작한 여름이었다. 나는 그런 분위기가 싫어서 오로지 후배들하고만 어울렸는데 PGO서치(포켓몬 GO용 포켓몬 검색 앱)를 하며 한밤중의 도쿄를 돌아다니다 보니 트레이너 레벨이 28까지 올랐고, 몬스터를 120마리 정도 모았다. 후배들과 메구로 강변을 따라 나카메구로까지 걸은 후, 바로 근처의 하치만 공원의 철봉에서 거꾸로 오르기 내기를 하면서 낄낄댔었다. 그 두 달을 떠올리면 견딜 수 없는 기분이 된다.

남자의 화웨이 휴대폰에서는 몬스터끼리 서로 싸우는 중이었다. 내가 모르는 기능이다. 화면을 엿보고 있는 것을 알아차렸는지 남자의 시선이 내 쪽을 향했다. 나는 그 눈길을 피해서 문 가까이로 이동했다. 신바바역에서 내릴 때 잠깐 남자 쪽을 보니 그의 눈은 손에 든 화웨이로 완전히 되돌아가 있었다.

늘 그렇듯이 역을 나와서 메구로 강변의 길을 따라 집을 향해 걸었다. 신사 앞의 매화가 어제보다 조금 진해진 것 같았다. 빛의 양이 많아서일까? 오후 4시가 지났는데도 하늘은 아직 파랬다.

순간 하얀 뭔가가 눈앞을 가로질러 하늘하늘 날아갔다. 꽃이 지고 있나 싶었는데 내 다운재킷의 팔 부분이 터져 있고 그 틈새로 안쪽의 깃털이 빠져나온 것이었다. 대학 3학년 겨울에 산 것이니 이제 수명이 다한 모양이었다. 하얀 솜털이 홀홀 바람에 날려 공중으로 퍼져간다. 강 건너편 쪽으로 날아가는 것을 보니 지금 불고 있는 산들바람은 북쪽에서 불어온 것이리라.

소매의 터진 부분은 다행히도 끝이 조금 찢어진 것뿐이라서 수선하면 아직 입을 수 있을 것 같았다. 일단 구멍 부분을 안으로 접어 넣으면 깃털은 더 이상 빠져나오지 않을 것이다. 조금 전에 빠져나온 하얀 깃털이 아직도 주변을 날아다녔다. 바람이 불자 매화도 몇 송이쯤 춤추기 시작했다. 고프로를 꺼내 들고 그 모습을 동영상에 담아 보았다.

집에 돌아와 방문을 닫고는 옷도 갈아입지 않은 채 고프로와 아이폰을 접속해서 앱을 기동시켰다. 실은 좀 더 일찍 확인하고 싶은 걸 꾹 참았던 터였다. 고프로를 동기화하자 오늘 촬영한 영상의 일람표가 나온다. 불안한 마음으로 재생 버튼을 누르자 쓸모없는 장면이 많긴 해도 어쨌든 유리창 안쪽이 제대로 찍힌 것 같아 가슴을 쓸어내렸다.

영상을 재생해서 보니 생각한 것보다도 바람 소리가 시끄럽다는 것을 알 수 있었다. 때로는 지상 100미터가 넘는 곳에서 바람을 맞는 것이니까 당연하다고 하면 당연한 일이지만 그 사실을 새삼 영상으로 확인하자 자신이 무척 위험한 장소에서 일하고 있다는 사실을 절실히 깨닫는다. 새끼손가락 정도의 굵기밖에 안 되는 와이어. 견고한 고층빌딩에 비하면 너무나도 부서지기 쉬운 금속제 곤돌라. 더구나 그것들은 바람이 불어오는 방향에 따라 쉽게 온갖 방향으로 흔들린다. 막아주는 게 아무것도 없는 환경이니 바람소리가 시끄러운 것도 전혀 이상한 일은 아니다.

놀라운 건, 내가 어느샌가 그런 환경에 익숙해져 있다는 사실이었다. 원래대로라면 유리창 저편에서 폴 스미스의 양복이라도 입고 쥐색 책상에 앉아 파워포인트로 프레젠테이션 자료를 만드는, 그러니까 아버지와는 전혀 다른 인생을 보내고 있어야 하는 건데. 그렇지만 지금에 와서는 어느 쪽이 더 좋은지 알 수 없다는 생각도 든다. 오늘 레코드회사에서 본 것처럼 양복 차림의 샐러리맨 자체가 자꾸만 줄어들고 있으니까.

앱의 사진 아이콘을 눌러서 동영상에서 정지화면을 잘라내 저장해나갔다. 그중에는 블라인드가 쳐져 있거나 실내가 너무 어두워서 안의 상황을 전혀 알 수 없는 사진도 있었지만 한 장소마다 한 장이라는 룰에 따라 모두 이미지 폴더에 저장해두기로 했다. 79분과 61분, 85분짜리 동영상에서 총 72장의 사진을 잘라냈다.

효율은 나쁠지 모르지만 사진 자체는 완성도가 꽤 좋은 것 같았다.

생각난 김에 집으로 오는 내내 촬영 모드로 내버려뒀던 동영상도 확인했다. 화려하게 차려입은 아시아계 젊은이와 비즈니스맨이 혼재하는 긴자선, 그다지 혼잡하지 않은 야마노테선, 포켓몬 GO를 열중해서 엿보던 게이큐선, 그리고 역에서 집까지의 모습이 처음부터 끝까지 담겨 있었다. 잠시 망설이다가 몇 장을 사진으로 뽑아 보관해두기로 했다.

이어서 캐논 스마트폰 프린터에 연결해서 한 장씩 출력했다. 프린터에서 뱉어져 나오는 사진을 볼 때마다 묘한 기분이 되었다. 벌써 이 일을 1년 이상 계속 해오면서 셀 수 없을 만큼의 유리창을 닦아왔을 텐데도 일을 마친 후 되돌아볼 기회는 거의 없었다. 몇 개월에 한 번씩 같은 빌딩을 담당하는 경우는 있지만, 빌딩 안의 모습까지 기억하는 일은 없었고, 일부러라도 기억하지 않으려고 했다. 그러므로 자신이 하루에 이만큼의 유리창을 닦고 있다는 사실이 놀라웠다. 지금 막 프린터에서 나온 사진을 손으로 집어 들어 보았다. 아직 온기가 희미하게 남아 있다. 그 사진 안에는 자유로운 복장의 남녀가 열 명쯤 컴퓨터를 향해 앉아 있었다. 어떤 사람은 전화기를 손에 들고 있고 어떤 사람은 자료를 읽고 있다. 색다른 점이라고는 아무것도 없는 이런 사진에서 과연 노부인이 얻을 것이 있을까. 나카무라가 열심히 이야기한 댄스 그룹의 모습도 똑똑히 찍혀 있었다. 팬에게라면 귀중한 사진일 테지만 아무리 보아도 노부인의 흥미를 끌 구석은 조금도 없었다.

이미 인쇄한 것도 포함해 모든 사진을 다시 한 번 훑어보고 있는데 인터폰이 울렸다. 뭐지, 하면서 현관으로 나가 보니 야마토 운수의 냉동택배였다. 주문한 게 없는데 하면서 소포를 받아 든다. 분메이도의 카스테라 상자에 접착테이프가 몇 겹으로 감겨 있었다. 전표를 보고 나서 아차 했다. 보내는 사람은 어머니였고, 품명은 '식품'이라고 쓰여 있었다. 우울한 기분으로 상자를 열자 편지와 함께 녹색의 볼품없는 떡이 눈에 들어왔다. 편지지 위에는 교사답게 또박또박한 글씨가 쓰여 있다.

'쑥 모임에서 이벤트를 하면서 만든 떡이다. 조금 많이 넣었지만 냉동이니까 괜찮겠지. 선거에 나가기로 하면 학교 일을 그만두게 될 거다. 학기 중에 그만두면 아이들에게 미안한 일이 되겠지만 아무리 늦어도 이번 달 중에 결정하고 싶어.

지금까지 아이들에게 민주주의라는 말을 가르쳐 왔어. 행정관청이 멋대로 자연을 파괴하는 것이 민주주의? 왜 주권자인 우리

는 도로건설에 대해서조차 아무 말도 할 수 없는 거지? 아무 때나 시간이 있을 때 연락주렴.'

올해로 어머니는 쉰다섯 살이 된다. 나잇살이나 먹은 어른이 어쩌면 이렇게 순진한 말을 하는 걸까? 민주주의 같은 건 표면상의 방침이라는 걸 모르나? 정말로 모든 정치 결정을 민중에게 맡긴다면 사회는 정체된 채 한 걸음도 앞으로 나아가지 못할 것이다. 도로건설로 사람이 죽는 것도 아니고 쑥떡 같은 건 슈퍼에서 사면 된다. 자연을 파괴해서는 안 된다고 할 거면 고향집이 있는 곳도 옛날에는 숲이었을 터. 자신들은 이미 특권을 누리고 있으면서 그것을 짐짓 모른 체하며 자연의 편에 서서 활동해야 한다고 안달이다. 놀라운 것은 어머니가 정말로 교사를 그만둘 생각을 하고 있는 것 같다는 사실이었다. 쑥 모임이 어떤 멤버로 구성되어 있는지 모르겠지만 고지식한 어머니이니 당신이 앞장서라고 부추기기가 가장 쉬웠을 것이다.

씁쓸한 기분으로 상자 속에서 쑥떡을 하나 꺼낸다. 짙은 초록색의 엉성하니 둥근 물체. 크린랩 너머로 그 차갑고 단단한 감촉이 전해져 왔다. 이젠 별로 좋아하지도 않는데. 손에 든 쑥떡을 일부러 내던지듯이 쓰레기통으로 던져 버렸다.

3월 10일 구름

"어머나, 기뻐라. 이제 안 오나 했다니까."

3706호의 문이 열렸을 때 노부인은 그렇게 말하며 얼굴을 환하게 밝혔다. 우리는 지난번에 서로에게 이름도 알리지 않았고 연락처도 교환하지 않았다. 상대가 묻지 않았기 때문이기도 하지만 애당초 노부인이 휴대전화를 갖고 있는지 어떤지도 알 수 없었다. 외할머니 집에는 현관에 유선전화가 놓여 있었는데 이 집에는 그런 것조차 보이지 않았다. 현관에는 가락지 정도나 들어갈 것 같은 작은 상자들이 나란히 놓여 있었을 뿐이다.

일주일 전과 마찬가지로 노부인의 뒤를 따라 거실로 향했다.

하얀 셔츠에 검은 바지를 대충 입은 옷차림이었지만 가슴께의 액세서리가 어두운 방 안에서도 반짝반짝 빛난다. 실내인데도 그녀는 마녀나 쓰고 다닐 것 같은 깊고 큰 모자에 하이힐을 신고 있었다.

오늘도 거실은 어두웠다. 거실에는 여전히 두터운 차광 커튼이 쳐져 있어서 밖을 전혀 볼 수 없었다. 테이블 위에 놓인 커다란 빨간 초가 타면서 내는 불빛이 노부인과 나의 실루엣을 커튼에 비췄다. 피아노곡이 귀를 기울이지 않으면 들리지 않을 만큼 가녀린 소리로 흐르고 있었는데 비슷한 선율이 계속 반복되는 지루한 곡이었다.

나는 지난 일주일 동안 기록한 사진을 넣어 가지고 온 갈색 봉투를 노부인에게 건넸다. 모두 다섯 채 건물의 사진으로 전부 다해서 455장이나 됐다. 초점이 흐리거나 흔들림이 없고 실내의 모습을 가장 잘 알 수 있는 이미지만 잘라내서 가지고 온 셈이지만, 정말로 이런 것이 노부인을 기쁘게 할지는 알 수 없었다.

그녀는 진지한 얼굴을 하고 사진을 한 장씩 테이블에 늘어놓았다. 마치 과제물을 검사받는 것 같아서 나는 좀 부끄러워졌다. 그냥 옆에 서 있는 것도 어색해서 창가로 이동했다. 커튼과 커튼 틈새로 아주 조금쯤 창이 보이는 것 같았다. 유리창에는 물방울의 흔적이 두셋 달라붙어 있는 것 같았다. 내가 닦다가 남긴 것일까? 한 번 더 자세히 살펴보려고 할 때 노부인이 짧게 중얼거렸다.

"학교에도 가는 군요."

그녀는 토요일에 방문한 스기나미구의 초등학교 사진에 흥미를 보였다. 나는 그때 2층 담당이었는데 화단이 있기 때문에 발판을 설치하지 못하고 교실에서 몸을 내밀고 작업했다. 실은 안전띠를 사용해야 하지만 짝이 된 오츠카 씨의 의견에 따라 창틀에 발을 올리고 창틀을 손으로 잡은 채 작업을 했다. 그 사고 이후 건물의 저층에서도 반드시 안전띠를 사용하라는 잔소리가 심했지만 실내와 외벽 어디에도 쥠줄을 걸 수 있는 위치를 찾을 수 없었다. 결국 둘이서 얼굴을 마주보고 의논한 결과, 맨손으로 몸을 내밀고 작업하는 것으로 결론이 났다. 오츠카 씨나 나나 늘 높은 곳에서 일하는 때가 많기 때문에 2층에서 하는 작업 정도는 전혀 공포의 대상이 되지 않았다는 점도 이유였다.

"학교에는 예나 지금이나 칠판이 있고 책상이랑 의자가 나란히 놓여 있네요."

선진적인 모델의 학교라면 어떨지 모르겠지만 내가 방문한 학교는 대체로 형무소나 병원과 비슷한 무기질적인 콘크리트 구조의 평범한 건물로 보였다. 실내에서 작업했기 때문에 동영상에는 다양한 각도에서 본 교실의 모습이 찍혔다.

졸업식이 코앞인 듯 칠판은 아이들이 '도도 도시야 선생님'에게 보내는 메시지로 빼곡하게 채워져 있었다. 고프로로 촬영한 동영상에 칠판 전체가 화면에 들어온 순간이 있어서 놓치지 않고 프린트해두었다. 크기가 작기는 해도 칠판 위의 글자가 뭉개지지 않고 또렷이 인쇄되어 나왔다. 노부인은 그 사진을 눈을 가늘게 뜨고 흐뭇한 표정으로 바라본다. 그녀가 몇 살인지는 모르지만 아마도 일흔은 넘었을 것이다. 어쩌면 80대일지도 모른다. 그렇다면 초등학교에 다녔던 건 정말로 옛날의 일일 것이다.

"난 이 아이가 마음에 드네요."

노부인은 잘 손질된 손톱으로 칠판 사진의 오른쪽 가장자리를 가리켰다. 정성스러운 글씨로 "선생님, 잊지 않을 테니까요. 히나코"라고 쓰여 있었다. 바로 옆에 있는 "졸업해도 놀러오겠습니다. 소타" "1년간 고맙습니다. 고코나" 등등의 글들과 아무런 차이가 없는, 특별할 것 없는 메시지라고 나는 생각했다. 왜 특별히 그 부분을 마음에 들어 하는지 몰라서 노부인의 얼굴을 보았다. 노부인은 웃어 보였다.

"다른 아이들은 정형화된 글귀로 감사의 말을 전하고 있잖아요. 하지만 이 아이만은 감사가 아니라 뭔가 경고하고 있는 것 같지 않나요?"

노부인이 하는 말의 의미가 잘 이해되지 않아서 한 번 더 사진을 보았다.

"그냥, 1년간의 좋았던 추억을 잊지 않을게요, 라는 뜻이 아닌가요?"

내게는 그것이 뭔가 특별한 메시지로는 보이지 않았다.

"물론 내 망상, 지나친 생각일 수 있지요. 하지만 선생님은 남성이잖아요. 이것을 쓴 건 여자아이. 물론 좋은 기억을 잊고 싶지 않다는 표현이길 바라요. 그렇지만 나쁜 기억일 가능성도 있지요. 오카베랑 매사추세츠에서 지내던 시절, 아파트를 빌릴 때 친절한 동료가 경고의 말을 해준 적이 있어요. 당신 집 옆, 두 번째 집에는 소녀를 강간한 성범죄자가 살고 있다고. 미국에서는 한 번 성범죄를 저지르면 감옥에서 나오고 나서도 한동안은 주소, 이름, 사진이 공개된다고 해요. 하지만 그건 쓰네코가 어렸다면 모르지만 사실 우리하고는 관계없는 일이죠. 이웃에는 인사하러 가는 게 좋겠다고 생각해서 나는 우리 집에서 세 번째 집까지 선물할 쿠키를 준비했고요. 그런데 그 말을 들은 오카베가 열심히 조사하기 시작했어요. 그는 저녁식사 자리에서 자랑스러운 얼굴로 조사 결과를 공표했어요. 그 사람은 이 지역 고등학교에서 부교장(교장을 보좌하여 교무를 정리·처리하는 직책)을 했었는데 열다섯 살인가 열여섯 살인 아이하고 성적인 관계를 갖게 돼서 감옥에 2년 반 동안 들어가 있었다는 거예요. 하지만 그러니까 어떻다는 거야? 나는 짜증 섞인 목소리로 말했어요. 그건 처음 듣는 얘기네, 그 사람은 멋진 젠틀맨이던데, 라고. 그때 오카베의 깜짝 놀란 얼굴을 잊을 수 없어."

성범죄를 저지른 교사의 이야기가 뉴스에 올라오는 일이 종종 있다. 그러나 유독 교사의 성범죄가 뉴스에 자주 오르내리는 건 교사 이외의 성범죄가 좀처럼 보도되지 않기 때문이 아닐까? 그러니 그들에게만 편견의 눈길을 주는 건 문제가 있다고 나는 생각했다. 하지만 여기서 노부인에게 열을 올리며 반론할 것까지는 없다는 생각에 입을 다물었다.

"결국, 매사추세츠에서는 아무 일도 일어나지 않았어요. 하지만 동료가 해준 경고를 들어둔 건 좋은 일이었다고 생각해요. 온갖 가능성이 있을 수 있다는 것을 우리는 받아들여야 해요. 그 사실을 받아들이기를 두려워하는 겁쟁이가 되어서는 안 돼요. 분명 이 도도 선생님은 선량한 사람일 거예요. 실제로 만난다면 나도 그렇게 믿고 만나겠지요. 하지만 말이지요, 언제든 철회할 준비가 되어 있는 편견은 나쁜 게 아니에요. 아무 예단 없이 사물을 본다는 건 힘든 일이지요. 도리어 색안경이 있으니까 사람과 사람이 서로 만날 수가 있는 게 아닐까요? 오카베와 별거했을 때 끝의 끝까지 생각했어요. 의심을 계속하는 것과, 무조건 믿는 것 중 어느 쪽이 편할까 하고. 나에게는 단연코 전자였어요. 글쎄 그러면 배신당한다 해도 놀라게 되는 일은 없잖아요. 그 교훈은 오카베가 사라지고 나서 꽤 도움이 됐어요. 정말이지 이런저런 사람들이 접근해 왔었지요. 고가의 금괴 매매계약, 도쿄 만灣 인공섬 계획이나 거대 지하유원지에 대한 투자라든가 하는. 웃기지요?"

"그럼 왜 누군지도 모르는 나를 집에 들일 생각을 한 겁니까? 돈을 훔치거나, 어쩌면 살해당할 위험조차 있는데요. 그런 가능성에 대해서는 의심하지 않았나요? 우리는 아직 서로 이름조차도 몰라요."

"이름 같은 건 아무래도 좋아요. 실제로 당신은 이렇게 기록을 가져와 줬잖아요."

사진을 든 노부인이 나를 똑바로 바라보았다. 그래도 그 말은 질문에 대한 대답이 되지 않는다. 그녀는 왜 창문 너머로 딱 한순간 눈이 마주친 남자를 집에까지 들어오게 한 걸까. 더구나 미사키 씨와 벌인 일까지 봤을지도 모르는데.

"어머, 미안해요. 아직 마실 것도 내놓지 않았네."

그렇게 말하고 노부인은 주방에서 샴페인 병과 두 개의 글라스를 가져왔다. 새카만 병에는 '율리스 콜랭Ulysse Collin'이라고 쓰여 있었다.

"알코올은 괜찮으려나. 열어줄래요?"

노부인이 건네주는 대로 병을 손에 들었다. 병은 알맞게 차가워져 있었다. 그러고 보니 벌써 상당히 오랫동안 술을 마시지 않았다. 마지막으로 술을 입에 댄 게 언제였더라. 회사 송년회 때에도 중간에 빠져나와버렸고, 물론 동창들과 만날 기회도 없었다. 무의식적으로 피했는지도 모르겠다. 어쨌든 꽤 많은 시간이 지났을 것이다. 앞으로 몇 개월이면 1년이 된다. 나는 익숙하지 않은 손짓으로 금박지를 벗기고 코르크를 감싸고 있는 철사에 손을 댔다. 분명 아무 문제 없이 잘 딸 수 있을 것이다.

"부르고뉴는 평가가 이미 정해져 있어서 비싸지 않으면 맛이 없다고 생각하면 돼요. 하지만 샴페인은 아직 그 정도로 평가가 정해져 있지 않아요. 특히 메종(샴페인, 와인을 만드는 포도원)이 아니라 레콜탕-마니퓔랑(직접 재배한 포도로 샴페인을 생산하는 사람, 그 샴페인)일 경우에는 개성이 무척 풍부하지요. 율리스 콜랭은 그렇게 구하기 힘든 건 아니에요. 콜랭(올리비아 콜랭에 의해 만들어진 와인) 가의 포도밭은 쭉 네고시앙(규모 농가에서 재배한 포도를 구입해 자기 브랜드를 단 와인을 만드는 사람들)에게 점거돼 있었어요. 그걸 되돌리기 위해서 그 자손이 먼저 변호사 자격을 얻은 뒤에 와인 양조 공부를 시작했다는 이야기를 나는 무척 좋아해요."

잘못하면 창피를 당할 거라고 생각하면서 철사를 신중하게 푼다. 이대로 코르크를 노출시켜도 되는 걸까? 샴페인 따는 방법을 유튜브에서 검색해보고 싶었다. 내가 우물쭈물하는 것을 보다 못했는지 노부인이 "오카베는 거들먹거리면서 병 입구에 냅킨을 대고 열거나 했는데 그대로 퐁 하고 열어버리면 돼요"라고 가르쳐준다. 그녀가 알려준대로 코르크를 잡고 손에 힘을 주어 뽑아낸다. 병 안쪽의 압력에 도움 받아 기분 좋은 소리와 함께 병마개가 빠졌다. 여기까지는 순조롭다. 분명 괜찮다.

"천사의 한숨이야."

귀를 기울이니 천천히 탄산이 빠져나가는 소리가 들렸다. 한숨이라고 하니 정말 그런 것도 같다. 어느샌가 피아노곡은 멈춰 있었다. 맞은편 의자에 앉은 천사상과 눈이 마주쳤다. 웃고 있는 얼굴 같기도 하고 누군가를 경멸하고 있는 얼굴 같기도 하다. 노부인은 샴페인 병을 가뿐하게 손에 들고 천천히 글라스에 따랐다. 아름다운 금색이었다. 순간, 나도 모르게 미소가 지어졌다. 아무 문제 없을 거라고 나 자신을 설득시키기 위해서였을 것이다.

"이번에는 천사의 박수."

가느다란 거품이 글라스 안에서 터지고 그 작은 소리가 겹친다. 노부인은 샴페인을 따른 두 개의 글라스를 각자의 앞에 놓았다. 나도 모르게 숨을 삼켰다. 이제 분명 괜찮은 거다. 물론 노부인은 아무것도 눈치 채지 못한다. 결심하고 글라스를 손에 들었다. 작은 거품이 액체의 바닥에서부터 몇 번이나 춤추듯 올라와서는 순식간에 사라라지고, 그때마다 파열음이 들렸다. 실은 이대로 단숨에 다 마셔버리고 싶다.

"우선은 성공을 축하합시다."

"성공인지 어떤지 모르겠지만요."

노부인은 입기에 미소를 머금으며 글라스를 손에 들고 얼굴

높이까지 올렸다. 나도 똑같은 정도의 높이가 되도록 글라스를 들어 올리고 억지로라도 웃어 보이려고 했다. 노부인이 "건배"라고 말한 동시에 나는 가볍게 눈을 감았다. 코로 한껏 숨을 들이마시고 뱉었다. 그리고 잠시 숨을 멈춘다. 그러나 아무 소리도 들려오지 않았다. 조심조심 눈을 뜨니 그녀는 때마침 글라스의 가장자리에 입을 대려는 참이었다.

"어머, 샴페인은 싫어했던가요?"

나의 떨리는 손을 눈치 챘는지는 모르겠다. 노부인의 말을 지우기라도 하듯이 단숨에 샴페인을 들이켰다. 목구멍이 얼얼했다. 지독하게 냉혹한 맛이라고 생각했다. 빈 글라스를 천천히 테이블 위에 놓고 그제야 알았다. 건배 때에 글라스끼리 부딪치는 것은 저속한 매너이고, 그녀 같은 사람들은 그런 걸 하지 않는다는 사실을. 확실히 내가 손에 들고 있던 글라스는 몹시 섬세해 보여서 잘못 세게 부딪쳤다가는 산산이 깨져나가도 이상하지 않을 것 같았다. 괜한 걱정을 했다는 생각보다는 다행이라는 안도감이 온몸을 채웠다. 그 소리는 아직 내 안에서 과거의 것이 되지 않은 모양이다.

"혹시 괜찮으면 한 잔 더 어때요?"

노부인은 아무것도 눈치 채지 못한 것 같았다.

"네, 좋아요."

나는 글라스를 천천히 앞으로 내밀었다. 노부인은 조금 전과 마찬가지로 율리스 콜랭인지 뭔지 하는 샴페인을 글라스에 따라 주었다. 첫 번째보다 조심스러운 천사의 박수가 들렸다. 반 정도 따라진 시점에서 글라스를 끌어당기려고 했지만 오랜만에 입에 대는 알코올을 단숨에 마신 탓인지 오른손으로 든 글라스의 끝이 노부인이 든 검은 병에 살짝 부딪쳤다. 탁. 아주 작지만 그래도 잘 울리는 소리였다. 탁. 실제로는 딱 한 번밖에 들리지 않았을 그 소리가 몇 번이나 머릿속에서 되풀이되는 사이에 그날의 소리와 겹쳤다.

들은 적 없는 소리였다. 그날, 나는 빌딩 반대편에서 지상의 보안을 담당하고 있었는데 똑똑히 그 소리를 들었다. 마치 거대한 소시지의 껍질이 열을 받아 터져서 튀는 것 같은 소리. 혹은 비커가 깨지면서 내는 부드러운 중저음 소리. 국기관(일본 스모협회가 설립, 경영하는 상설의 옥내 스모 흥행장)에서 요코즈나(스모에서 가장 높은 등급)끼리 충돌한 채 융합해버린 것 같은 소리. 먼 바다를 항행하는 유조선의 스크루에 단단한 콘크리트가 말려든 것 같은 소리. 당장이라도 분화할 것 같은 화산구에 억지로 뚜껑을 덮었을 때와 같은 소리. 순간적으로 머릿속에 무수한 이미지가 떠올랐다. 하지만 어째선지 그 어느 것하고도 먼, 유리병과 유리잔이 서로 부딪쳐서 내는 건배 소리가 다른 무엇보다도 그날의 일을 생생하게 되살리고 만다.

"이상한 질문을 하나 해도 되나요?"

평소에 참석하지 않던 회식자리에 얼굴을 내민 것은 8월 말이었을 것이다. 그 사람에 대해 누군가와 이야기를 하고 싶었다. 장례식장에 회사 사람은 오지 말라고 했었다. 그래도 몇 명쯤은 억지로 얼굴을 내민 모양인데 나에게는 그런 용기는 없었다. 커다란 맥주잔이 회식에 참석한 모두에게 전달되고, 우리는 애써 밝게 건배를 했을 것이다. 분명 그곳은 도라노몬에 있는 선술집 메키키노긴지였다. 넘실넘실 맥주가 담긴 투명한 잔과 잔이 서로 부딪쳤다.

"죽은 게 분명한 사람의 목소리가 머릿속에서 들릴 수도 있나요?"

노부인은 샴페인을 마시는 손을 멈추더니 갑자기 진지한 얼굴이 되었다. 그리고 다음 순간 크게 웃으면서 말하기 시작했다.

"당연히 있지요."

뭐가 그렇게 우스울까 싶을 정도로 그녀는 신이 나서 말했다.

"그건 고사하고 내가 정말 좋아하는 사람들은 이제 누구 하나 남아 있지 않아요. 사치코도 구미코도 세츠코도 쥰도 모두 죽고 없어요. 재미있는 걸 물어보시네. 깨어 있을 때도 자고 있을 때도 내가 생각해내거나 이야기하거나 하는 상대는 모두 죽은 사람들 뿐이지요. 당신은 아직 젊으니까 잘 모르겠지만 우리는 모두 죽어요. 조부모가 죽고, 부모가 죽고, 젊었을 때 나를 예뻐해준 사람들이 죽고, 서로 좋아하던 사람이 죽고, 마지막에는 나 자신도 죽죠. 하나도 슬픈 일이 아니에요. 젊은 시절의 나는 분명히 이 세상에 속해 있었어요. 좋아하는 사람을 만날 때도, 슬픈 일이 일어날 때도, 그에 대해 푸념할 때도 모두 이 세계 속에서 해결이 됐어요. 하지만 차차 그렇지 않게 되어가지요. 무척 기쁜 일이 있어서 그 사람에게 맨 먼저 그 이야기를 들려주고 싶은데 그런 바람이 이 세계 안에서는 이루어질 수 없게 되는 거예요. 그렇다고 해서 결코 만날 수 없거나 이야기를 나눌 수 없는 건 아니에요. 전화나 편지 같은 것 없이도 이야기를 할 수 있게 돼요. 편리한 일이죠."

노부인의 말은 도저히 믿기지 않았지만 어쨌든 그렇게 말하는

노부인이라면 내가 무슨 말을 해도 분명 이해해주지 않을까 하고
생각했다.

"일을 시작하고 몇 개월 됐을 무렵에 선배 한 사람이 죽었어요.
직속 상사랄까, 일에 대해 하나부터 열까지 다 가르쳐준 사람이었
어요. 지금도 유리창을 닦을 때면 그 사람의 목소리가 들려와요."

예상대로 노부인은 전혀 놀라지 않는다.

"멋진 일이네요. 그분은 뭐라고 하나요?"

"아마, 거의 대부분은 실제로 나와 얘기했던 것들일 거예요. 창
닦는 법이라든가, 그 사람이 가고 싶었던 장소에 대한 이야기라
든가."

"미호란 아이가 있었어요. 피난 가기 전부터 몸이 약한 아이였
지요. 하지만 무척 총명해서 나한테 내가 모르는 나라에 대한 이
야기를 많이 해줬어요. 아자부로 돌아오고 나서 몇 번이나 연락
을 해봤는데 결국 한 번도 못 만났어요. 소식 불명. 그런데 최근
에 다시 미호랑 이야기를 나눌 수 있게 됐어요. 무척 기뻤지요.
조금 전만 해도 체사레 보르자에 대한 이야기를 같이 하고 있었
거든요. 나도 어렸을 때보다는 아는 게 많아졌을 텐데도 미호하
고는 도저히 상대가 안 돼요. 만약에 체사레가 슈베르트하고 같

은 시대에 살면서 그의 곡을 들었다면, 슈베르트의 곡 중 무엇을 좋아했을까 하고 묻는 거예요. 그 엉뚱한 질문에 나는 그냥 내가 좋아한다는 이유로 〈겨울 나그네〉라고 했는데 미호의 답은 나와는 달리 재치가 있었어요.

그쪽도 그 사람하고 언제까지 이야기를 계속할 수 있을지 알 수 없는 거예요. 그러니까 목소리가 들릴 때 놓치지 말고 다 듣는 게 좋을 거예요. 죽으면 헤어졌던 사람을 다시 만날 수 있다고 말하는 사람이 있지만 난 아니라고 생각해요. 만날 수도 있고 못 만날 수도 있어요. 이 세상에서 사는 동안에도 만날 수 없었던 사람이 많이 있잖아요? 그러니 죽고 나서 반드시 만날 수 있다고 말할 수는 없지요. 분명, 저쪽 편이 이쪽보다도 넓을 테니까 말이에요."

그녀의 이야기는 있는 그대로를 말하는 건지 비유를 들어 말하는 건지 알 수 없었다. 현실인지 망상인지도 알 수 없었다. 하지만 그렇게 치자면 내가 듣는 그 사람의 목소리도 마찬가지다. 언젠가 창을 닦고 있어도 그 목소리가 들리지 않게 될 날이 오게 될까? 그리고 그게 내가 바라는 것일까. 그러고 보니 노부인에게 부탁받은 기록에 집중하고 있을 때는 그 사람의 목소리가 좀처럼 들리지 않았던 것 같았다.

3월 12일 맑음

내 얘기를 그 노부인에게 했구나. 잘했어. 어차피 그 노부인, 반쯤 정
신이 흐려져 있잖아. 하긴 너도 반쯤 정신이 흐려져 있는 덕에 내 목소
리를 들을 수 있는 건지도 모르지만. 그래도 정신 차려. 뭐든 간에 하나
를 너무 믿는 건 좋지 않아. 사람이든 사물이든 무엇에 대해서든. 로프
를 너무 믿다가 죽은 내가 할 말은 아니지만 말이야. 아니, 그래서 더 설
득력이 있는거지. 어째서 사람은 익숙해지는 걸까? 뭐든지 당연하게
생각해버리는 거야. 그러니까 정신 차리라고. 어느 날 갑자기 사다리
가 치워지는 거야. 내 경우는 사다리가 아니라 로프가 끊어진 거지만
말이지. 어이, 그 부분은 웃으라고.

3월 15일 맑음

　노부인의 맨션으로 가는 도중에 뭔가를 사 가야 하나 망설였다. 요전번에 그녀는 기록 대금이라면서 나에게 100만 엔의 돈다발을 내밀었다. 건물 한 채 당 20만 엔으로 계산한 것이라고 했다. 나는 "그런 거금은 받을 수 없다"고 일단 거절하는 흉내를 내봤으나 정말은 흥분하고 있었다. 예상했던 것의 열 배가 넘는 금액이었기 때문이다. 더구나 그전에 경비로 받은 50만 엔의 거스름돈도 아직 돌려줄 필요가 없다고 했다. 태어나서 처음으로 진짜 돈다발을 봤다. 금융기관에서 공통적으로 사용하는 띠가 둘러쳐진, 접힌 자국 없는 지폐였다. 노부인의 집에는 거대한 금고가 있을지도 모른다. 도대체 거기에는 얼마나 많은 현금이 보관되어 있을까?

내가 아침부터 하루 종일 유리창을 닦아도 실제로 손에 쥘 수 있는 돈은 8500엔. 그런데 사진을 가져다주는 것만으로 그 100배 이상을 받은 것이다. 처음에는 터무니없는 보수라고 생각했는데 범죄에 가까운 행위를 하고 있다고 생각하면 적절한 금액일지도 모른다. 그러나 그만큼 자신이 잘못된 일에 손을 댄 것은 아닐까 싶어 두렵기도 하다. 결국 받아온 100만 엔에는 손을 대지 않았다. 봉투에서 꺼내지 않고 알루미늄 호일로 말아서 타파웨어 용기 안에 넣은 다음 냉장고 안쪽 깊숙이 넣어 두었다.

"어서 와요"라며 맞아준 노부인은 연분홍색 슈트를 입고 있었다. 가슴께에는 커다란 목걸이가 빛나고 있고 머리도 스타일리시하게 잘 정돈되어 있다. 미용실에라도 다녀온 걸까?

"오늘은 3분 50초. 엘리베이터가 바로 왔나요?"

"이거, 초콜릿입니다."

긴자의 미쓰코시에 들러 사 온 과자를 건넸다. 무엇을 사면 좋을지 알 수 없었기 때문에 마크가 눈에 익은 가게에 들어가 초콜릿을 다양하게 담아놓은 것을 골랐다. 5400엔은 내 지갑에서 꺼내 지불했다. 투자라고 생각하면 싼 것이다.

"어머 반가워라. 이런 멋진 선물, 오랜만이에요."

노부인은 과장되게 기뻐해줬다. 그러나 쇼핑백에서 초콜릿을 꺼내려고 하지는 않는다. 늘 그렇듯이 거실로 안내되어 따라가 보니 테이블 위에는 이미 커피와 쿠키가 준비되어 있었다. 검은 상자에 구운 과자 열다섯 개가 가지런히 들어 있다.

"초콜릿은 나중에 먹죠. 이 쿠키는 유통기한이 짧아요. 미안해요, 혼자서는 다 먹을 수 없지만 오는 걸 알고 있었기 때문에 주문했어요."

백화점에서 샀으니까 괜찮을 거라며 건넨 초콜릿이 갑자기 불안해진다. 사이타마의 소고(일본의 백화점 이름)에서도 팔고 있을 듯한 초콜릿을 아자부(도쿄 미나토구에 위치한 고급주택지)에서 자란 노부인이 반가워해줄 것인가. 우선 가방 속에서 이번 주의 기록을 꺼내 건넸다. 그녀는 그것을 크리스마스 선물을 받은 아이처럼 소중하게 끌어안고는 테이블 위에 늘어놓았다.

그 모습을 보면서 나는 검은 상자에 손을 뻗어 쿠키를 하나 입으로 가져갔다. 눅눅하다. 이것이 첫인상이었다. 아몬드의 맛은 싫지 않지만 맛있는 건지 맛없는 건지 모르겠다. 노부인이 사진에 몰두하고 있는 사이에 상자 뒷면에 표시되어 있을 점포명을 확인해보려고 했는데 필기체 알파벳으로부터는 'R'이라는 글자 밖에 읽어낼 수 없었다. 커피는 이번에도 역시 기름졌지만 혀에 익숙해진 탓인지 그렇게 맛없게 느껴지지는 않았다.

"옛날에 아몬드는 불사의 씨앗으로 불렸다고 해요. 영양가가 높은 나무 씨앗이니까 귀중했겠지요. 이 쿠키는 아직 문을 연 지 얼마 안 된 가게의 것인데, 가게 이름이 링 슈트라세(오스트리아 빈의 중심부에 위치한 순환도로)예요. 멋진 울림을 지닌 이름이지 요? 그 화려한 〈춘희〉를 본 게 언제였더라.

우린 갑자기 마음이 동해서 바이로이트에도 같이 갔어요. 뮌 헨을 거쳐 뉘른베르크까지는 고속철도를 이용했고요, 그런데 맨 마지막이 큰일이었죠. 그렇게 크지 않은 뉘른베르크 역사의 승 강장에서 분명히 바이로이트행 기차라는 것을 오카베도 확인했 어요. 여름의 유럽이니까 낮은 길었을 테지만 아마 저녁이 거의 다 된 시간이었을 거예요. 하늘은 새빨갛게 짓무른 것처럼 물들 어 있고 귓가에 교회 종이 울려 퍼지고 있었으니까요. 무거운 여 행 가방을 안고 차량 높이가 엄청나게 높은 로컬 선에 탔어요. 그 런데 한 시간이 지나도 도착하지 않는 거예요. 뭔가 이상하다 싶어서 차장에게 물었더니 1, 2호차의 행선지와 3호차부터는 뒤칸의 행선지가 서로 다르다는 거예요. 오카베는 그야말로 허둥지둥. 그 사람, 완벽한 계획을 세우는 것이 특기지만 거기에서 벗어나면 아예 꽝이에요. 그래도 어쩔 수 없잖아요? 이름도 모르는 역에 내렸는데 그때는 이미 하늘이 캄캄했어요. 아무도 없는 승강장에 우리 단 둘뿐, 역무원도 없었지요. 그런데 어디선가 즐겁게 떠드는 목소리가 들려왔어요. 오카베와 함께 여행 가방을 굴리면서 목소리가 나는 쪽으로 걸어갔지요.

하멜른의 『피리 부는 사나이』의 나라잖아요? 홀려서 어딘가로 끌려가는 건 아닌가 싶어 가슴이 두근두근했어요. 역 바로 옆에는 검은 숲이 펼쳐져 있었거든요. 잘못하면 그 숲이 우리를 삼켜버리지 않을까 싶을 정도로 무서웠어요. 의지할 데 없는 역사를 빠져나와서 오른쪽으로 두 번 정도 돌아갔었나, 밝게 불을 밝힌 집이 거기에 있었어요. 들여다보니까 많은 사람들이 술을 마시고 있는 거예요. 바였지요. 드디어 살았다 하면서 가게 안으로 뛰어 들어갔더니 안에 있던 사람들이 눈이 동그래졌어요. 몹시 지친 우리의 행색을 보고 유령이라도 본 줄 알았나 봐요. 하멜른이려던 것이 브레멘이 된 셈이지요. 오카베가 서툰 독일어로 사정을 설명하면서 여주인장에게 택시를 불러달라고 하는 사이에 나도 술을 한 잔 받았어요. 엄청나게 큰 조키jug에 담긴 새빨간 맥주. 즐거웠어요. 나는 좀 야성적이어서 점잔 빼고 오페라를 보는 것보다는 그런 쪽이 더 어울리거든요."

노부인의 이야기를 들으면서 쿠키를 하나 더 손에 든다. 이번에는 아몬드만이 아니라 희미한 스파이스의 향도 느껴졌다. 어쩌면 이 고상한 쿠키는 맥주하고라면 맞을지도 모르겠다.

"있지요, 맥주 마시고 싶지 않아요? 갑자기 그 맛이 그리워졌어요."

"실은 저도 맥주 생각을 하는 중이었어요."

솔직히 그렇게 말했다.

"빨간 맥주는 없지만 선물로 받은 거라면 있을 거예요."

노부인은 주방으로 가서 드래프트 기네스라고 쓰인 새카만 캔 맥주 두 개와 지난주에 봤던 샴페인 글라스를 가져왔다. 건네주는 대로 금색 탭을 열고 두 잔의 글라스에 따른다. 방이 어두운 탓인지 글라스 속의 액체는 거의 검은색으로 보였다. 거품도 흰색이라기보다 회색으로 보여서 평소 선술집에서 마셨던 생맥주와는 전혀 다른 느낌이다. 글라스가 가늘어서 캔 맥주는 한 개로 충분했다. 노부인과 내 앞에 각각 글라스를 놓는다.

"재회에 건배."

"잘 마시겠습니다."

가볍게 고개를 숙이고 바로 마시려고 했더니 오늘은 노부인이 글라스를 가까이 댔다. 생각할 틈도 없이, 그러니까 피해야 한다는 생각이 떠오르기도 전에 글라스와 글라스가 부딪쳤다. 탁 하고 작은 소리가 울렸다. 숨을 삼켰다. 나도 모르게 눈을 감으려고 했다. 하지만 신기하게도 그 소리는 들려오지 않았다. 귀를 기울였지만 들리는 것은 빌딩 밖에서 울려 퍼지는 사이렌 소리와 창 밖에서 불고 있는 바람 소리뿐이다. 완전히 안심한 나는 샴페인 글라스에 담긴 맥주를 단숨에 들이켰다. 씁쓸한 초콜릿 같은 맛이다. 아직 맥주가 남아 있을 때 쿠키를 한입 먹는다. 아까보다 더 감칠맛이 났다.

노부인은 맛있다는 듯이 맥주를 한 모금 마시더니 내가 건네준 사진을 살펴보기 시작했다. 이번 주는 580장의 사진을 준비했다. 고층 빌딩이 많아서 이미지를 잘라내야 하는 방의 숫자도 늘어났다. 고프로를 사용한 영상 촬영에도 완전히 익숙해졌다. 유리를 닦는 동안 내 손과 도구들이 카메라 렌즈를 가리지 않도록 허리를 많이 움직여서 유리창을 닦았더니 반장인 소마 씨가 "능숙해졌네"라고 칭찬을 해주기도 했다.

노부인이 제일 먼저 손에 든 것은 그제 방문한 분교구의 타워맨션 사진이었다. 오전 중이라서 아무도 없는 집이 많았는데 사진 속의 여성은 혼자서 아침을 먹고 있는 것 같았다. 30대 정도일까? 목욕 가운처럼 보이기도 하는 새하얀 파자마를 입고 있다. 식탁에 늘어놓은 컬러풀한 그릇에는 여주와 돼지고기가 보기 좋게 담겨 있고 프로테인 바가 곁들여져 있다. 아이폰을 손에 든 채 연두색 머그컵으로 커피인지 뭔지를 마시고 있는 것 같았다.

"이 사람은 분명 독신 생활이네요. 행복해 보여."

노부인은 마치 손녀를 바라보는 것 같은 시선을 하고 사진을 양손으로 잡았다.

"어떻게 독신 생활이란 걸 알 수 있죠?"

"벽지를 봐요. 면 전체가 검정을 베이스로 한 다마스크 무늬지요? 상당히 주장이 강한 사람일 거예요. 이 집에는 남자가 찾아와도 분명 겁을 먹을 거고요. 놓여 있는 가구를 보니 제대로 된 것을 고를 줄 아는 사람이에요. 경제력이 있고 취미가 강한 여자에게 이 나라의 거의 모든 남자들은 기가 죽지. 여자의 성공이 슬퍼 보이지 않는 시대가 오면 좋겠네."

나에게는 대학시절 말고는 여자친구가 있었던 적이 없기 때문에 노부인의 의견이 옳은지 어떤지는 알 수 없었다. 그리고 훌륭한 사회인이 되었을 동창은 남녀 불문하고 만나고 싶지 않았다. 대학시절의 페이스북 계정은 남아 있지만, 글을 쓰는 것은 물론이고 로그인하는 것조차 꺼려졌다. 몇백 명의 '친구'와 만나는 일은 평생 없지 않을까 하고 생각한다. 노리타카, 아키하루, 다이세이, 아키카즈, 히토나리. 몇 명쯤의 이름과 얼굴이 떠올랐지만 그리움 같은 감정은 조금도 일지 않았다.

"이 집은 꽤나 개성적이네. 물건이 잔뜩."

다음으로 노부인이 손에 든 것은 방 끝에서 끝까지, 바닥에서 천장까지, 말 그대로 물건이 꽉 차 있는 방을 찍은 사진이었다. 계절에 맞지 않은 선풍기와, 세 대의 청소기, 룸바란 이름의 로봇 청소기 두 대, 무수히 많은 페트병, 먹다 만 푸딩과 빵 봉지, 플라스틱 용기, 벗은 채로 둔 코트와 추리닝, 말라서 죽어가는 관엽식물 같은 것들이 바닥에 굴러다니거나 쌓아 올려져 있다. 그건 이미 방의 모습이 아니었다. 여기 사는 사람은 비싼 돈을 지불하고 사들인 타워맨션을 어쩌다 이렇게 쓰레기 저택으로 만들어버린 걸까? 그러나 개성적이라고 한다면 노부인이 사는 이 집도 거기에 뒤지지 않는다. 맥주를 마신 바람에 조금 대담해진 걸까, 지난번 방문 때는 입에 올리지 못했던 질문을 했다.

"이 집에는 왜 이렇게 상자가 많은 건가요?"

노부인은 내 질문에 바로 대답하지 않고 천천히 자신의 집안을 둘러보았다.

"처음에는 아무것도 없었어요. 이 테이블과 의자와 침대만은 먼저 집에서 가져 왔지만 나머지는 전부 버렸으니까. 처음부터 하나씩 다시 사들이자고 생각했거든. 하지만 아무리 좋은 가구를 모은다 한들 내가 없어지면 아무도 쓰지 않게 될 거잖아요. 그래서 쓰네코에게는 좀 더 좁은 곳으로 이사하겠다고 했어요. 교토 같은 곳이 좋아요. 노부오가 거기 살고 있을 때 몇 번이나 가봤는데 거긴 진짜 사람이 살 만한 동네예요. 교토에는 사가노에 할아버지가 남겨준 별장도 있었고요. 지금은 이미 남의 손에 넘어가버렸지만. 그런데 쓰네코는 날더러 도쿄에 있으라고 하는 거예요. 그렇다면 좀 더 작은 연립으로 가고 싶다고 했더니 위험하다는 말만 계속 하지 뭐예요. 위험한 걸로 치자면, 우리가 초등학교 다니던 시절에는 하늘에서 폭탄이 떨어져 내렸단 말이지요.

그런 거 생각하면 어떤 뒷골목이라도 안전한 거예요. 그렇죠?"

동의를 구한다는 것을 알고 나는 어색하게 웃는다. 만나본 지 꽤 오래된 아버지의 할머니, 그러니까 나에게는 증조할머니에 해당되는 할머니로부터 전쟁에 대한 이야기를 들은 적이 있다. 초등학생 시절, 여름방학 숙제였을지도 모른다. 그녀는 구마가야에 살고 있었다. 8월 14일 한밤중에 거리가 갑자기 밝아졌나 싶더니, 엄청난 양의 소이탄이 쏟아져 내리는 것이 보였다고 했다. 당시 구마가야에 있던 항공기 공장이나 비행 학교가 미군의 표적이 되었던 것이다. 패전이 이미 결정된 가운데 이루어진 최후의 공습은 구마가야의 거리를 몽땅 태워버렸다. 그때 역 바로 옆에 살고 있던 증조할머니는 아슬아슬하게 공습의 피해를 면할 수 있었다고 했다. 무서웠냐고 물었을 때 그녀가 "불꽃처럼 아름다웠다"고 대답했던 것이 인상 깊게 남아 있다.

"어렸을 때 살던 아자부의 집은 방이 모두 작았어요. 쓰네코나 노부오가 태어나고 나서 살던 히바리가오카 단지에서는 겨우 방세 개에서 네 명이 살았고. 그래도 좁다고 느낀 적은 한 번도 없어요. 그런데 이 집을 봐요. 천장도 높고 방 하나가 너무 넓어요. 집이 나에게 화분이니 소파니 옷장이니 하는 것들로 자신을 채워

달라고 강요하는 것 같지 않아요? 어쨌든 한동안은 이 방에 정말로 아무것도 없었어요. 재키는 집안일을 해주러 왔다가 돌아가는 길에 언제나 옷이니 과일이니 등을 담아 왔던 상자들을 가지고 나가서 버렸어요. 그런데 어느 날 나는 재키에게 상자를 놔두고 가라고 말했지요.

갑자기 그런 생각이 들었던 거예요. 그러고는 그 상자들을 이리저리 쌓거나 늘어놓고 했는데 그게 재미있었어요. 초등학교 때 준이랑 함께 했던 나무 쌓기 놀이 같았거든요. 모래와 나무 쌓기 장난감으로 우리 마음대로 도시를 만들었어요. 모래를 쌓아 올린 커다란 언덕 위에는 무척 높은 탑이 서 있었는데 그 위에서 보면 전 세계가 한눈에 들어왔어요. 아프리카의 사바나도, 노르웨이의 피오르드도, 미국의 그랜드 캐니언도 보였어요. 탑 위에 서면 빛이 수평선 저편에까지 화악 날아가서 마치 하늘이 갈라진 것 같이 됐지요. 히가시야마 가이이(東山かいい, 1908~1999년, 일본의 화가)의 그림같이 아무리 멀리 있어도 시공을 뛰어넘어서 들여다볼 수 있었어요. 그 탑에서는 이야기로만 들었을 뿐인 마천루의 윤곽선조차 똑똑히 보였지요. 아름다운 빌딩과 첨탑, 다리가 화려한 스카이라인을 만들어 내는 그 광경이.

이 집에서 보는 경치와는 아주 달랐어요. 여기는 그곳과는 전혀 딴판이에요. 재미없는 건물들만 빽빽하게 늘어서 있어요. 아무리 좋게 보려고 해도 무절조하고 지리멸렬. 이렇게 흉하고 속된 경치가 또 있을까요.

하지만 집 안에서 상자를 늘어놓고 쌓아 올리고 할 수 있게 되면서 무척 안심이 됐어요. 그 탑하고는 닮으려야 닮을 수 없지만 오랜만에 무척 좋아했던 사바나나 마천루를 기억해낼 수 있었으니까요. 재키도 한동안은 내가 무엇을 하고 있는지 눈치 채지 못했던 모양이에요. 그런데 집 안에 자꾸 상자가 늘어가잖아요. 머스크멜론이 든 오동나무 상자, 샴페인 글라스가 들어 있던 상자, 바디솔트를 몰아서 샀을 때의 상자, 핸드백이 들어 있던 상자, 구두를 넣어 두는 상자. 그래 놓고는 상자들의 진열방식을 주기적으로 바꾸는 거예요. 가벼우니까 쉽게 배치를 바꿀 수 있고, 무엇보다 방 넓이를 자유로이 결정할 수 있어요. 그쪽은 어떻게 생각할지 모르지만 나는 이렇게 상자의 벽에 둘러싸여 지내는 것이 좋아요."

결국 10평 이상 되는 거실은 대량의 상자가 들어차면서 실질적으로는 3평 정도의 넓이가 되었다. 딱 내가 사는 신바바 원룸의 크기다.

"펄쩍펄쩍 뛴 건 쓰네코였어요. 언젠가는 상자를 모두 내다 버리겠다고 해서 크게 싸웠어요. 누가 오는 것도 아니고 아무도 볼 사람이 없으니 엄마 하고 싶은 대로 내버려두라고, 너는 상관 말라고 했지만 좀처럼 물러서려고 하지 않는 거예요. 이런 짓을 계속할 거면 병원이나 시설도 생각하지 않을 수 없다면서 위협하지 않겠어요? 맘에 안 드는 애야. 결국 지금은 휴전 상태."

거기까지 단숨에 말한 그녀는 다시 사진을 한 장 한 장 넘기기 시작했다. 분쿄구의 맨션은 36층 건물로 25층부터 위층은 거실이 비교적 넓고 그 아래부터는 좁게 설계되어 있는 것 같았다.

"베르사유궁전에 가본 적 있어요? 내가 가장 감명을 받은 건, 호화찬란한 샹들리에나 한껏 꾸며놓은 거울의 방이 아니라 입구에 틀어놓은 비디오였어요. 그걸 보니까 궁전을 너무나도 넓게 만들어놓은 바람에 왕은 거처하는 동안 거듭해서 방을 작게 만드는 개축을 했다는 거예요. 웃기는 이야기지요? 그래도 무척 솔직하다고 생각하지 않아요? 왕이든 서민이든 인간으로서의 크기는 별반 다르지 않잖아요. 위엄을 과시하기 위해 거대한 건축물을 세웠지만 주거하기에는 너무 넓어서 살기 힘들었을 게 뻔하지.

침대 캐노피가 개발된 것도 마찬가지 이유였을 거예요. 지나치게 넓은 공간은 불온한 거여서 우리 마음을 좀먹어가는 게 아닐까요? 이 방, 마음에 드네요. 청결하고 간결한 게 멋이 느껴져요."

프린트 아웃된 사진 뒷면에 층수만 써놓았다. 노부인이 들고 있는 건 7층의 방을 찍은 것이다. 하나의 사진 안에 같은 구조의 방 두 개가 찍혀 있다. 양쪽 다 원룸이고 서로 다른 사람이 살고 있는 것 같았다. 내가 할 말은 아니지만 그다지 큰 공간으로는 보이지 않는다. 방 하나는 한가운데에 킹 사이즈 베드, 벽에 작은 책상과 의자만 덜렁 놓여 있었다.

"이 방으로 이사 가는 것도 좋겠네."

다른 방 하나는 천장까지 닿는 높이의 금속제 선반에 몇 십 개나 되는 투박한 어항이 진열돼 있다. 자갈도 깔려 있지 않고 수초도 자라고 있지 않은 데에서 무수한 물고기가 헤엄치고 있었다. 치어 양식이라도 하고 있는 걸까? 어항과 어항 틈새에 침낭이 있는 걸 보니 집주인은 거기서 살고 있는 것 같았다.

"집에 수족관이 있으면 좋겠다고 졸랐던 적이 있어요. 할아버지가 기차로 데려가주신 석조로 된 훌륭한 수족관에 반했었지요. 아름다운 분수를 지나면 정사각형의 수조가 있었는데 그 안에서

색색의 물고기가 헤엄치고 있었어요. 정말 우아했어요. 집에 가고 싶지 않아, 여기 살고 싶어, 라고 생각했었죠. 사가노에도 연못은 있었지만 거기에서는 물고기를 늘 위에서만 내려다봐야 하니 재미가 없었어요. 물고기를 바로 옆에서 바라볼 수 있다면 얼마나 멋있을까 하고, 몇 날 며칠을 수족관 타령만 했어요. 결국은 전쟁 때문에 야마나시로 가야 해서 도저히 그럴 수 있는 상황이 아니게 되었지만요."

대학 1학년 때 기초연습 강의를 같이 들었던 고헤이가 떠올랐다. 송사리를 키우고 번식시키는 게 취미였던 그는 친구에게 물고기의 매력에 대해 열변을 토하곤 했었다. 그런 그를 2학년, 아직 여름이 오기 전에 학내에 있는 오렌지 카페 앞에서 딱 마주쳤었다.

그때 그는 국회 앞에 데모하러 가는 중이라고 했다. 세븐일레븐에서 프린트 아웃해 온 듯한 A3 용지로 만든 플래카드에는 "GIVE PEACE A CHANCE"라고 쓰여 있었다. 1학년 때는 체크무늬 셔츠만 입었었는데, 그날은 마치 《FINE BOYS(일본의 남자 대학생 대상 월간 패션잡지)》의 모델 같은 옷을 입고 있었고 머리카락도 밝은 갈색으로 염색한 상태였다. 고헤이 옆에 있는 뚱뚱한 남자는 헐렁한 흰색 슈프림 파카에 검은 스키니 데님 차림이었다. 그는 "OUR FUTURE OUR CHOICE"라고 쓰인 플래카드를 손에 들고 있었는데 고헤이의 것과 달리 골판지로 단단히 보강한 것이었다.

"이대로 전쟁 같은 거 나면 안 되잖아. 쇼타도 같이 데모하러 안 갈래?"

그 목소리에서 열기가 묻어져 나왔다. 1년 전 송사리에 대해 말할 때와 같은 정도의 열량이 거기에 있었다.

"전쟁은 싫지만 오늘은 좀 더우니까 참을까 봐."

마음 같아서는 고헤이를 따라가볼까도 했었다. 시험을 앞둔 학기말이라서 동아리 모임도 없고 한잔 할 약속이 있던 것도 아니었다. 트위터에서도 흔히 봐왔던 데모에 대해서는 조금쯤 흥미가 있었다. 하지만 뒤늦게 유행을 좇는 것이 어쩐지 좀 볼품이 없다는 생각이 들었고, 슈프림 파카를 입은 남자와 잘 친해질 것 같지 않았다. 그들은 더 이상 나를 설득하려 들지 않고 사이좋게 캠퍼스 계단을 내려가 이치가야역을 향해 가버렸다. 솔직히 아주 조금 후회했다. 어쩌면 엄청나게 재미있는 경험을 할 기회를 놓친 건 아닐까, 하고.

그날 도영 신주쿠선을 타고 다이타바시로 돌아가는 내내 트위터를 검색했다. 국회 앞의 모습을 중계하고 있는 트윗캐스팅(PC, 스마트폰, 태블릿 등에서 라이브로 볼 수 있는 전송 서비스) 계정이 많이 검색되었다. 젊은이들이 인파 속에서 아까 고헤이가 들고 있던 것 같은 플래카드에 둘러싸여서, "헌법을 지켜라" "멋대로 결정하지 마라"라고 외쳤고, 나이든 사람들은 그것을 보고 박수를 보냈다. 검색해서 이 중계 저 중계를 쫓아가며 연이어 봤다. 집에 돌아와서도 맥북을 열고 유튜브에 '데모'라는 단어로 동영상을 검색해서 찾아보기도 했다. 그들의 주장이 옳은지 틀린지는 알 수 없었지만 그 필사적인 모습만큼은 가슴에 와 닿았다. 고헤이의 페이스북을 들여다보니 데모에 참가한 학생들이 모여 뒤풀이를 하고 있는 듯한 영상이 올라와 있었다. 그것이 조금 부러웠다.

그 뒤로도 한동안 큰 데모가 있는 날에는 SNS로 그 모습을 뒤쫓았다. 하지만 결국 한 번도 데모 현장을 찾아가는 일은 없었다. 캠퍼스 내에서 고헤이와 만나는 일이 없기도 했고, 나 자신의 주의나 주장이 확고하지 않은 상태에서 데모하러 가는 것은 옳지 않다는 생각도 들었기 때문이다.

고헤이와 재회한 것은 마이크로소프트의 면접장에서였다.

"어른이 되고 나서 물고기를 키운 적이 있었나요?"

"그러고 보니 찾아와서 금괴를 팔지 않겠느냐고 영업하던 사람이 물고기를 무척 좋아하는 사람이었어요. 기분 좋은 청년이었는데, 나한테도 키워보지 않겠냐고 열심히 권하면서 어항 등 필요한 걸 모두 준비해주겠다고 하는 거예요. 내가 해파리를 키우고 싶다고 했더니 초심자한테는 어렵다면서 송사리를 권했지요. 여하튼 특별한 송사리였던 모양이에요. 하지만 금괴 이야기가 흐지부지되자 그걸로 끝. 그 사람도 이 사진처럼 어항에 둘러싸인 집에 살았으려나."

그때 고헤이는 양복을 말끔하게 차려입고 검은색 머리도 정갈하게 투 블럭 커트를 하고 있었다. 단단히 맨 넥타이에 가죽구두도 윤이 났다. 나를 알아보더니 과하게 기뻐하면서 묻지도 않은 자신의 구직활동 상황을 피력하기 시작했다.

이미 몇몇 기업에서는 구두로 내정을 통보받았다, 동창생이 창업한 스타트업에서도 오라고 한다, 하지만 마음에 안 들어서 구직활동을 계속하고 있다 등등, 자신이 얼마나 알차게 살고 있는지에 대해 막힘없이 이야기를 계속했다.

그의 이야기를 듣는 게 왠지 씁쓸했다. 신기하게도 우리는 같은 방으로 안내되어 같은 면접관으로부터 질문을 받게 되었다. 고혜이는 조금 전 이상으로 시원시원하게 자신이 얼마나 매력적이고 마이크로소프트를 위해서 뭘 할 수 있는 인물인가를 어필했다.

규정시간의 절반이 지난 즈음에, 쭉 잠자코 있던 연상의 면접관이 "대학시절에 가장 몰두했던 건 무엇입니까?"라는 단골 질문을 던졌다. 고혜이는 망설이지 않고 "중국어와 경영학 세미나입니다"라고 대답하고, 중국의 엔터테인먼트 기업의 전략에 대해서 연구해왔다고 말했다. 완다 그룹이 정부 규제 속에서 어떻게 발전을 계속해서 세계적인 영향력을 갖기에 이르렀는지 설명해나갔다. 《주간 다이아몬드》에라도 쓰여 있을 법한 내용 같았지만 면접관은 고혜이의 이야기를 열심히 들었고 개인적으로 메모까지 하는 것 같았다.

돌아오는 엘리베이터 안에서 큰맘 먹고 물었다.

"요즘은 데모하러 다니니?"

"데모?"

코웃음 치듯이 '데모?'라고 반응하는 것을 듣고 한 번도 데모에 참가한 적 없는 내가 왠지 짜증이 났다. 고혜이는 대학 2학년 여름에 세 번 정도 데모에 참가했을 뿐, 그 후 사회운동에 관계한 적은 없다고 했다. 고헤이가 데모에 참가한 횟수는 내가 SNS에서 데모를 뒤쫓았던 횟수보다도 적구나, 하고 생각했다.

엘리베이터에서 내려 로비에서 고헤이와 헤어졌다. 건물 밖으로 나오니 여름의 열기가 훅 하고 덮쳐왔다. 겉면이 유리로 된 빌딩 너머의 하늘이 조금씩 붉게 물들기 시작하고 있었다. 만약 그날 고헤이의 뒤를 쫓아 국회 앞으로 갔었다면 무엇이 달라졌을까 상상해봤다. 분명 아무런 차이도 없었을 거라고 속으로 나 자신에게 타이르듯이 말하면서 시나가와역을 향해 걸었다. 일주일 후 입사 전형에서 탈락했다는 메일이 도착했다.

"맥주 더 할래요?"

노부인의 말에 글라스에 남아 있던 맥주를 비워버리자 그녀는 다른 캔 하나도 따 주었다. 그녀의 글라스에도 아직 맥주가 남아 있었기 때문에 눈을 마주치고 한 모금씩 마셨다. 씁쓸한 맛이 조금씩 혀에 친숙해졌다. 고헤이는 마이크로소프트 면접시험을 통과했을까? 그는 최종적으로 어느 회사에 취직했을까. 그 면접 날 이후로 고헤이와는 한 번도 만나지 않았다.

"식사 같이 할래요? 오늘은 온다는 걸 알고 있어서 간단한 것으로 준비해뒀어요."

아이폰 시계를 보니 오후 6시가 지났다. 그러고 보니 이 방에는 시계가 없다. 낮에는 집에서 가져간 주먹밥을 점심으로 먹었는데 지금은 확실히 배가 고파오기 시작했다. 이미 맥주도 쿠키도 받아먹었으니 식사를 거절할 이유도 없을 것 같았다. "말씀에 따라도 될까요?" 하자, 노부인은 "물론!" 하며 손뼉을 치고는 조금 들뜬 듯이 주방으로 향한다. 거절 안 하길 잘했다. 노부인에게는 호감을 사두는 편이 좋다.

오늘로 세 번 만났을 뿐이다. 그런데 나이가 대략 50살 이상 차이 나는 이 사람과 나는 식사를 함께 하려고 한다. 신기하다고 생각했다. 내 어머니는 외동딸이고 아버지와는 얼굴을 보지 않은 지 벌써 10년이다. 그러다 보니 친척 모임 같은 건 없고 나이든 윗사람과 깊은 교류를 가진 적도 없었다.

주방에서 고기 굽는 소리가 들려왔다. 내가 늘 먹는 고기와는 질도 다르고 조리법도 다르지 않을까 하고 조금 기대가 되기까지 했다. 남아 있던 맥주는 글라스에 따르지 않고 캔 채로 다 마셔버렸다.

"화장실을 써도 될까요?"

"그럼요. 복도로 나가서 바로 오른쪽이에요. 미안해요, 손을 뗄

수가 없어서."

노부인이 말한 대로 거실을 나와 바로 오른쪽 문을 연다.

신기한 공간이었다. 파우더룸과 화장실이 하나로 되어 있고 호화로운 세면대가 두 개나 갖춰져 있다. 그러나 수도꼭지 뒤, 원래는 큰 거울이 설치되어 있어야 할 곳은 여러 번에 걸쳐 붙인 검은 고무테이프로 덮여 있었다. 고무테이프는 양옆 벽과 선반까지 붙여져 있어서 거울을 완전히 가렸다. 볼일을 마치고 손을 씻을 때 거울이 아니라 거슬거슬한 새카만 테이프가 시야를 덮었다. 머리에 왁스를 바르지 않게 되고 나서 세면대 앞에서 거울 보는 습관은 없어졌다고 생각했다. 그러나 실제로는 무의식중에 거울을 봤던 건지 막상 거울이 없는 공간에서 손을 씻는 게 왠지 불안했다.

거실로 돌아오니 테이블에는 2인분의 식탁 매트가 깔렸고 한가운데에는 커다란 노란색 캔들이 세워져 있었다. 비싸 보이는 금색 식기와 꽃모양의 냅킨도 놓여 있었다.

노부인이 쟁반에 요리를 올려서 날라 왔다. 검은색 작은 병과 러스크 정도 크기의 팬케이크가 내 앞에 놓였다. 금속 뚜껑을 꼭 닫은 병에는 상어 그림이 그려져 있었다. 그 안에 든 검은 알갱이를 스푼으로 떠서 팬케이크에 올린 다음 입에 물자 소금기가 강한 알이 입 안에서 터졌다. 내 입에는 값비싼 캐비어보다도 팬케이크 쪽이 더 맛있게 느껴졌다.

"옛날에, 오카베와 자주 먹던 브랜드가 있는데 이제 수입하지 않는 모양이에요. 오와다 씨가 소련에 있었을 때는 몰래 자주 보내줬는데 말이지요. 입에 안 맞으면 남겨요."

그렇게 말하면서 노부인은 새 글라스와 샴페인을 가져왔다. 병의 라벨은 필기체뿐이라서 뭐라고 쓰여 있는지 거의 읽을 수 없었지만, 어렵사리 'JACQUES SELOSSE'와 'MILLÉSIME'이라는 고딕체만은 알아보았다.

"샴페인 치고는 무거운 맛일지 모르지만 어쩐지 오늘의 분위기에는 맞을 것 같아요. 코르크 마개 따는 거 한 번 더 부탁해도 될까요?"

두 번째 하는 것이라서 나는 망설이지 않고 금박지를 벗기고 엄지손가락을 코르크에 대고 와이어를 벗겼다. 그 다음 병을 비스듬히 들고 천천히 마개를 뺐다. 지난주, 노부인의 집을 나와 집으로 돌아와서는 '스마트하게 샴페인 따는 법'이라는 동영상을 찾아봤다.

"완전히 능숙해졌네요."

노부인은 웃으면서 구운 치즈를 올린 작은 그라탱 접시와 대량의 갈색 소스를 뿌린 두터운 로스트비프를 테이블 위에 늘어놓았다. 나는 글라스에 샴페인을 따랐다. 드디어 노부인도 의자에 앉아 글라스를 손에 들었다.

"두 번째 건배네요."

"지난주를 합치면 세 번째입니다."

우리는 샴페인 글라스를 살짝 부딪쳤다. 탁. 역시 그 소리는 들리지 않았다. 그 사실에 내심 안도하면서 살짝 웃음을 짓고 샴페인을 마신다. 드라이한 맛이라는 것은 알았지만 그 이상은 뭐라고 표현하기 어려운 풍미였다. 옛날에 다니던 초등학교 교문 앞으로 흐르던 농업용수로가 문득 떠올랐지만 그런 말을 했다가는 노부인이 실망할 것 같다.

"햇님 같은 맛이지요."

노부인의 말에 한 번 더 샴페인을 입에 머금는다. 용수로의 이미지는 머릿속에서 사라지지 않았지만 이번에는 초원에 서 있는 작은 집 앞의 시냇물이 떠올랐다. 노부인의 말 한 마디에 재빨리 머릿속 이미지가 바뀌어버리다니 타산적이라고 생각했다. 노부인이 청해서 요리에도 손을 뻗었다. 스푼으로 그라탱 접시의 치즈를 잘라내고 보니 어니언 그라탱 스프다. 양파가 투명한 황갈색이 되어 있는 걸 보면 미리 조리해둔 것을 데워서 내온 모양이다. 노부인이 걱정스러운 얼굴로 이쪽을 보고 있는 것을 알았다.

"이런 훌륭한 요리, 오랜만에 먹습니다."

그 말은 사실이었다. 대학을 졸업하고 나서 누군가와 여유롭게 식사를 한 적이 몇 번이나 있었던가. 회사에서 간 술자리는 주로 싸구려 선술집이었고, 제대로 된 레스토랑에서 같이 식사하고 싶은 상대가 있는 것도 아니다. 기억해낼 수 있는 것은 재작년 설에 어머니, 여동생과 고향집 근처의 '기소지(일본 전통 음식점 체인)'에 간 것이 고작이다.

"누군가에게 요리를 만들어준 게 언제였더라. 오카베는 밖에서 먹는 것을 좋아하는 사람이었고, 노부오도 쓰네코도 바쁘잖아요? 옛날에는 그렇게 싫었던 일도 막상 그 일에서 해방되면 허전해요. 하지만 외롭거나 하지는 않아요. 혼자 지내니 편해요. 혼자 지내는 건 나한테 어울리는 것 같아요. 내가 어떤 음악을 들어도, 어떤 책을 읽어도, 그것에 대해 아무도 참견하지 않으니까 행복해요."

그 기분은 나도 잘 안다. 하지만 잘 아는 만큼 노부인의 말에는 약간의 허세가 들어 있는 것 같다는 의심이 드는 것 또한 어쩔 수 없었다. 나도 혼자 사는 데 별 어려움이 없다. 대학시절로 돌아가고 싶다는 생각도 들지 않는다. 그래도 문득 불안해지는 순간이 있다. 예를 들어 바로 잠들지 못하는 밤에는 이대로 죽을 때까지 아무하고도 친해지지 못한 채 살아가게 되는 걸까 하고 생각하게 된다.

내가 지금 하는 일은 급여가 거의 올라가지 않는다. 로프 작업 등에 이르기까지 관련 업무를 얼추 다 해낼 수 있게 되어도 일급으로 환산하면 수당을 더해 1만 엔이 고작이다. 독립해서 개인으로 작업하면 2만 엔 가까이도 받을 수 있다고는 하지만 노동환경이 더 불안정해지는 위험을 감수해야 한다. 지금은 대기업에 들어간 동기생들도 손에 쥐는 금액이 나하고 그렇게 차이가 나지는 않겠지만 10년이 지나면 그 금액은 배 이상으로 벌어져 있을 것이다. 지금과 별 차이 없을 급여를 가지고 가족을 부양하는 모습은 상상할 수 없었다. 제대로 된 수입이 있는 여성과 결혼할 수 있으면 좋겠지만 그런 여성과 만날 수 있는 기회가 없다. 그런 여성이 나를 쳐다볼 거라고도 생각되지 않는다. 그런 게 불안하다면 시작한 지 얼마 안 되는 이 일을 그만두고 빨리 다른 직장을 알아보는 게 현명한 방법일 것이다. 하지만 꼭 하고 싶은 다른 일이 있는 것도 아니다. 차라리 작업 중에 발을 헛디디면 깨끗하게 끝날 테니 그것도 괜찮을 거라고 생각할 때도 있다. 그 사람이 사라지고 나서 반년 이상 지났는데도 아직껏 다들 그 일을 화제로 삼고 있다.

돈에는 어려움이 없는 노부인의 고독과 나의 고독은 고독의 질이 다를 테지만 그 노부인도 굳이 "행복해요"라는 말을 입에 올리는 것을 보면 분명 불안한 것이리라. 나도 모르게 "하지만 정말은 외로운 거 아닌가요?"라고 물어보고 싶어진다. 그건 나 자신이 가장 피하고 싶은 질문인데도 말이다.

캔들의 불빛이 노부인을 비췄다. 젊었을 때는 미인이란 말을 들었을 법한 반듯한 얼굴 생김새다. 그래도 목이나 팔에 깊게 새겨진 주름은 결코 어둠을 틈타 사라지지 않는다. 그 모습을 인정하고 싶지 않아서 파우더룸의 거울을 완전히 가려버린 걸까?

"그러고 보니 세면대에서는 거울을 쓰지 않더군요."

스프를 먹고 있던 노부인의 손이 멈칫했다. 짧은 순간 험악한 표정이 된 것 같았지만 흔들리는 불꽃이 만든 착각이었을지도 모른다.

"거울을 싫어해요. 내가 혼자인 걸 즐기고 있으면 '당신, 외롭지?' 하고 말을 걸어오거든요. 물론 나도 반박을 하지요. '전혀 외롭지 않아' 하고. 그런데 그때 나도 모르게 쓸데없이 한마디를 더 해버리는 거예요. '홀로 있는 외로움을 당신이 알아?' 하고. 그런 질문을 하면 거울에 비치는 그 사람도 '전혀 알고 싶지 않아'라고 대답할 게 뻔하잖아요. 그렇게 거울은 있지도 않은 것끼리 서로 다투게 해서, 그때까지는 편린조차 없었던 고독을 만들어내는 거예요."

나는 나이프와 포크로 로스트비프를 잘라냈다. 마루에츠에서 사는 100그램에 350엔 하는 고기와 달리 마치 스테이크 같은 식감이었다.

"불편하지 않습니까?"

쓸데없는 싱거운 질문이었다고 생각한다. 하지만 노부인은 그 질문을 무시하지 않고 나를 똑바로 보면서 대답했다.

"전혀. 거울 같은 거 없어도 내가 생각하는 나를 나는 알고 있어요. 그걸로 충분해요. 긴 역사를 돌아봐도 거울이 없던 시대가 더 길었을 거예요. 그래도 아무 문제 없었어요. 모든 사람이 거울을 가지게 된 다음의 시대는 비참해요. 거울은 사람을 불안하게 하지요. 거울을 계속 보고 있으면 맞은편과 이쪽 편, 어느 쪽이 진짠지 알 수 없게 되잖아요? 그리고 그 둘은 맞닿을 수도, 한통속이 될 수도 없어요. 고독과 고독을 마주보게 해서 뭐가 된다는 거지? 그런 허망한 일이 또 있을까."

"그럼 유리창을 닦는 것에는 의미가 있다고 생각하나요?"

노부인은 스푼을 식탁 매트 위에 놓고 냅킨으로 입을 닦았다. 그리고 한숨 돌리고 대답했다.

"나는 거울을 안 보는 것을 넘어서 아예 그것을 가려버렸지만 거울 그 자체는 아름답기를 바라요. 이 집의 창문도 마찬가지예요. 커튼을 여는 일은 없지만 창유리가 흐려져 있지 않기를 바라고요. 그렇지 않으면 거짓에 둘러싸여 사는 거나 다름없게 될 거라고 생각하지 않나요? 그렇지 않을까요."

그럼 상자에 둘러싸인 어두운 집에서 지내는 것이 정말로 당신이 하고 싶었던 일입니까? 그렇게 대놓고 물을 수는 없어서 그 대신 로스트비프를 썰어 입에 넣는다. 소스는 차갑게 식었지만 고기가 부드러운 덕에 몇 번만 씹어도 바로 삼킬 수 있다. 형용하기 어려운 맛이 나는 샴페인에도 입을 가져다 댄다. 정말로 원했던 건지는 알 수 없지만 이런 생활도 나쁘지 않아요. 멋대로 머릿속의 노부인이 대답한다. 결국 내가 사 온 초콜릿은 끝까지 내올

일 없이, 디저트로는 빨간 라이치 케이크를 먹게 됐다.

　그날도 돌아 나오기 전에 기록에 대한 보수를 받았다. 왠지 긴장이 되어 금액을 확인하지도 않고 봉투를 그대로 가방 밑에 밀어넣었다.

　'지난번에 보낸 쑥떡은 어땠니? 냉동이지만 맛은 괜찮았니? 역시 입후보해야겠다는 생각이야. 당선될지 어떨지 알 수 없지만 선거활동을 통해서 이 문제를 시민들에게 알릴 수 있을 테니까. 정확히는 선거 직전에 하는 것이 선거활동이고, 그에 앞서서 정치운동이라는 형태로 우리의 주장을 알릴 거야. 이미 교장선생님하고는 논의를 마쳤어. 초등학교 선생님밖에 해본 게 없어서 솔직히 두렵지만, 나 자신의 양심에 따르지 않는다면 그 순간부터 교육자로서의 자격도 없어지는 거라고 생각해. 더구나 이번에는 우리가 사는 지역의 문제니까 말이야. 네 의견도 들려주렴.'

　어머니가 함께 보내온 것은 벌채될 예정인 잡목림과 쑥밭 앞에서 쑥 모임 멤버가 모여서 찍은 사진이었다. 지금 내가 걷고 있는 검은 융단이 깔린 타워맨션의 복도에 비해서 그 사진 속의 모든 것이 어쩔 수 없이 초라하게 느껴졌다.

3월 20일 맑음

곤돌라에 뛰어오를 때, 발밑으로 250미터 아래의 도로가 또렷
하게 보였다. 공사차량이 쉴 새 없이 오가면서 재개발 공사를 하
고 있다. 이제 다리가 떨리는 일은 없어졌을 텐데도 빌딩에서 발
이 떨어지는 순간, 오늘은 왠지 아주 조금이긴 하지만 섬뜩했다.
옆에서는 머리를 조금 자른 미사키 씨가 마치 반장에게 보여주기
라도 하듯이 헬멧을 조정하고 있다. 소마 씨가 크레인을 조작해
서 곤돌라를 빌딩의 동쪽 면으로 조금씩 접근시켜 갔다. 도쿄 만
쪽을 향하니 노부인이 사는 맨션이 바로 시야에 들어왔다. 어느
현장에 가도 우선 노부인이 사는 맨션을 찾는 것이 습관처럼 되

어버렸다. 높이나 방향에 따라 보이지 않는 날이 더 많았지만 그래도 그녀는 지금 무엇을 하고 있을까 하고 생각하게 되었다.

곤돌라가 정위치에 자리하자 먼저 고양이와 눈이 마주쳤다. 제일 위층에 사는 집주인이 키우는 먼치킨 종인 것 같다. 우리를 알아챘는지 짧은 앞발로 필사적으로 유리창을 두드린다. 정확히 찍혔을까. 나도 모르게 오버올 위로 고프로를 만졌다. 미사키 씨도 고양이에게는 흥미가 있는지 창유리를 가볍게 두드리면서 고양이의 시선을 끌려고 했다.

"고양이 좋아하나요?"

"나도 키우고 싶은데 아이가 고양이털 알레르기야."

나는 평소처럼 샴푸봉을 양동이에 담갔다가 들어 올려 창문을 닦기 시작했다. 고양이가 놀랐는지 침대 속으로 기어 들어가버렸다.

"조금만 더 있었으면 친해질 수 있었는데."

미사키 씨가 원망스럽다는 듯이 말했다. 오늘도 그녀는 열심히 일할 마음은 없는 것 같았다. 샴푸봉은 세로, 세로, 가로. 스퀴지는 사다리꼴을 그리듯이. 그녀는 옥상을 올려다보고 소마 씨가 지켜보고 있지 않은 것을 확인하자 곤돌라 안에 주저앉는다. 나는 싫은 소리를 하는 대신 그녀가 담당해야 할 유리창에까지 크게 샴푸봉을 뻗는다.

"최근에 보니까 쇼타 씨가 일을 열심히 하네? 그렇게 싫어하던 로프 작업 특훈도 들어갔다고 하고."

"이 일 계속하려면 로프를 할 수 있어야 하니 당연한 거죠."

유리창 청소는 크게 나눠서 곤돌라를 사용하는 작업과 로프를 늘어뜨리고 하는 작업이 있다. 어느 빌딩에나 곤돌라를 설치할 수 있는 건 아니다. 최근에는 건설비 삭감을 위해 초고층 빌딩에도 곤돌라를 설치하지 않는 경우가 많다. 그럴 때는 옥상 같은 곳에 로프를 설치하고 유리창 청소를 해야 한다. 앞으로는 로프 작업도 하고 싶다고 말하자 회사 측에서 매우 놀라워했다. 그들은 내가 대졸인 만큼 간부 후보로 보고 채용했으며 조만간 사무직을 맡길 예정이었다는 것이다. 그런 말을 듣고 나름 자랑스러운 기분도 들었지만 로프를 할 수 있게 되면 청소할 수 있는 빌딩의 범위가 현격하게 넓어져서 영상을 기록하는 데 유익하다는 생각이 앞섰다.

"미사키 씨는 로프 안 할 건가요?"

"옛날에는 로프의 미사키라고 불렸을 정도로 잘했어. 이래 봬도 IRATA(로프를 이용해 임의의 장소로 이동하는 기술) 자격도 가지

고 있고. 하지만 지금은 거절이야. 가까이에서 그런 사고가 있었
잖아. 쇼타도 현장에 있지 않았어? 무섭지 않아?"

"아니요. 거꾸로 그 사고가 있던 날부터 높은 곳이 괜찮아졌어
요. 죽을지도 모른다는 게 계속 무서웠는데, 정말로 죽는 것을 보
고 나니까 더 이상 죽을지도 모른다는 생각 때문에 불안해지지는
않더라고요. 죽을지도 모르는 게 아니라 확실히 죽는 거니까 오
히려 안심이 됐다고나 할까요."

"흐—응, 잘 모르겠는데."

팔을 휘저으면서 샴푸봉과 스퀴지를 요령 있게 창문에 밀착시
킨다. 나에게 맞는 기구를 아마존에서 찾아내고 나서는 작업의
효율이 올라갔다. 오늘의 빌딩은 공실이 엄청 많다. 외국인이 투
자 목적으로 산 곳이 많아서 실제로 거주하고 있는 사람은 많지
않다고 반장이 말했었다.

텅 빈 방의 창문을 닦을 때는 일할 의욕이 생기지 않는다. 그냥
빼먹고 넘어가도 좋겠다는 생각이 들지만 미사키 씨처럼 행동할
용기는 없다. 스퀴지로 닦아내지 못한 물방울을 마른걸레로 세심
하게 닦았다. 유리에는 도쿄 만, 그리고 빌딩들이 만들어낸 스카
이라인이 비치고 있었다.

"날이 따뜻하네. 이제 곧 벚꽃이 피려나."

미사키 씨가 곤돌라 바닥에 거의 누운 채로 눈부시다는 듯이 하늘을 올려다본다. 남쪽으로부터 노곤하고 미지근한 바람이 불어왔다. 도쿄는 유리의 도시잖아. 어디를 가도 유리로 넘치고 있어. 가끔 마루노우치를 걷다가 사방이 온통 유리로 가득 차 있는 사실을 깨닫고 깜짝 놀랄 때가 있어. 저 유리를 모두 다 닦으려면 도대체 얼마만큼의 사람과 시간과 돈이 필요할까? 그러면서 생각하지. 창을 닦는다 한들 창밖을 내다보기는 할까하고. 하반신을 단단히 고정하고 샴푸봉을 크게 움직여서 유리창을 한껏 적신다.

"있지, 쇼타 씨."

만약 전 세계의 사람들이 더 이상 창밖을 보지 않게 되면 우리가 하는 일은 사라지겠지. 애당초 왜 창문이 필요한 거지? 토지 효율과 유지 보수만을 생각한다면 창문 같은 건 없는 편이 더 나을 거야. 창문을 내는 대신 벽 쪽에 거대한 모니터라도 붙여서 전 세계의 풍경을 즐길 수 있게 하면 되잖아. 하지만 새로 짓는 빌딩에서 창문을 없앴다는 뉴스는 들어본 적이 없어. 왜 빌딩 안의 녀석들은 밖이 보고 싶은 걸까. 밖이 있다는 걸 알아버렸기 때문일까? 아니면 처음에는 다들 밖에 있었기 때문일까. 가끔 상상하거든. 세계가 멸망해서 황폐한 시가지만 남겨졌을 때 나는 무엇을 할까 하고. 안전한 안을 찾아 들어가 비바람을 피하려고 할까, 아니면 이렇게 빌딩에 올라서 밖을 닦을까 하고.

"나, 오지랖 떠는 건 싫지만,"

나는 밖을 닦을 것 같아. 설령 아무도 밖을 보지 않는 시대가 찾아온다고 해도 나는 밖에 있고 싶어. 밖에서 가끔 안을 들여다보면 그것으로 충분하잖아. 안은 분명히 갑갑할 거야. 그래, 갑갑하니까 밖을 보고 싶은 거야. 만약 안에서 자유롭게 숨을 쉴 수 있다면 창문 같은 걸 열 필요가 없지. 하지만 그 녀석들에게는 밖에서 살아갈 용기가 없어. 뭐 우리도 평생 이대로 밖에 있을 수 있을지 어떨지는 알 수 없지만 말이야.

"좀 정신 차리는 게 좋겠어. 쇼타 씨에 대한 소문이 돌고 있거든."

스퀴지로 창을 닦던 손을 멈추고 미사키 씨 쪽을 보았다.

"소문?" 순간적으로 불어온 강풍이 곤돌라를 흔들었다. 미사키 씨는 드러누운 채 바깥쪽을 향하고 있었다.

"뭐 안 좋은 일을 꾸미고 있는 게 아니냐고. 누가 일러바친 건지는 몰라도 적어도 양복팀은 소타를 경계하고 있어."

"내가 뭐라도 했다는 겁니까?"

스스로도 몹시 힘없이 중얼거렸다고 생각했다. 그런 일 없다고 명확히 말하는 편이 좋을지도 모른다. 하지만 구체적인 위반행위를 지적당한 건 아니다. 내가 먼저 많은 얘기를 해버리면 긁어 부스럼이 될 가능성이 크다.

"그러니까 소문이라고. 아무것도 짐작 가는 게 없다면 신경 쓸 거 없어."

뭐라고 말대꾸하는 것도 이상하다고 생각해서 잠자코 창문에 샴푸봉을 가져다 댔다. 세로 세로 가로. 그러나 손이 떨려선지 자루 끝이 미끄러진다. 빙 돌리면서 닦는 녀석이 있는데, 기본은 면으로 생각해야 돼. 물이 흐를 것 같으면 이렇게 스퀴지를 대면서 닦아나가. 색칠하기같이. 알겠지? 안다. 모서리가 중요하니까, 응? 모서리, 모서리. 이렇게 말이죠? 그래, 그렇게 힘을 줘서 모서리를 닦아내는 거야. 알겠습니다. 머리로는 아는데 손이 생각대로 움직이지 않는다. 마치 모든 것이 1년 전 봄으로 돌아간 것만 같았다. 남아 있는 물방울을 마른걸레로 닦아내지만 유리는 좀처럼 깨끗해지지 않는다. 창문 너머 커다란 거실에서는 몸집이 작은 금발의 여자가 책을 잔뜩 펼쳐놓고 보면서 크리스털가이저 탄산수를 마시고 있다. 어떻게든 마음의 동요를 들키지 않으려고 하면 할수록 손은 더 굳어버렸다.

그런 나를 보다 못했는지 미사키 씨가 천천히 일어나서 샴푸
봉과 스퀴지로 창문을 닦기 시작했다. 무서운 속도였다. 왼손에
샴푸봉, 오른손에 스퀴지를 들고 솜씨 좋게 창을 닦아나간다. 미
사키 씨가 신호를 보내는 대로 계속해서 하강 버튼을 누르니 곤
돌라는 눈 깜빡할 사이에 한 층 한 층의 창문을 통과해버렸다. 그
녀의 움직임은 그 속도에 전혀 지지 않았다. 같이 작업하겠다고
끼어들어봤자 방해만 될 것 같아서 나는 가만히 곤돌라 안에서
꼼짝 않고 서 있었다.

"최근에 쇼타 씨가 분명히 변한 것 같아."

미사키 씨는 나에게 눈길을 주지 않은 채 마치 혼잣말하듯이
말했다. 창문 닦는 속도를 전혀 늦추지 않는다. 내가 아무 대답도
하지 못하고 있는 동안에도 곤돌라는 자꾸만 지상으로 다가갔다.
고도가 이렇게 낮아지면 시야의 태반은 다른 빌딩에 의해 덮인
다. 노부인의 맨션이 있는 도쿄 만 쪽을 바라보아도 노부인의 타
워맨션을 다른 고층빌딩과 구별할 수 없다. 엄청난 수의 크레인
이 신도시 재개발 작업을 하고 있었다. 그러나 건설 중인 빌딩들
은 콘크리트나 철골이 그대로 드러나 있어서 마치 폐허처럼 보였
다. 유령이라도 보이면 좋겠는데 하고 생각했더니 자꾸만 가까워

지는 혼잡한 거리로부터 사람들의 목소리가 들려오기 시작했다. 정장 차림의 비즈니스맨들이 분주히 각각의 목적지를 향해 가고 있는 거겠지.

나는 아직까지도 손이 굳은 채 멍하니 미사키 씨를 바라보았다. 곤돌라는 드디어 마지막 층까지 도착했다. 지상에서 지키고 있던 마치다 씨에게 보고하고 이번에는 위로 올라가기 시작했다. 창문은 완벽하게 닦여서 손볼 곳이 없어 보였다. 그러나 내가 전혀 알아차리지 못한, 미처 닦지 못한 곳을 미사키 씨는 스스로 찾아서 마른걸레로 마무리해나갔다.

"쇼타 씨가 왠지 자신감이 붙은 느낌인데, 나는 싫지 않아."

논스톱으로 상승해가는 곤돌라에 둘이 서 있는 모습이 눈앞의 유리창에 비쳤다. 뒤쪽으로는 같은 높이의 빌딩이 조금씩 줄어들고 푸른 하늘이 차지하는 영역이 늘어갔다.

"팬티 바꿨지?"

"네?"

미사키 씨는 샴푸봉과 스퀴지를 쥔 채로 웅크리고 앉아서 내 지퍼를 내리고 복서 팬티를 들여다본다. 그러더니 바로 지퍼를 올리고 원래 자세로 돌아왔다.

"좋은 애인이라도 생겼어?"

"아니" 하고 내가 말문이 막혀 있자니 미사키 씨는 "나머지는 맡길게" 하고 곤돌라에 주저앉았다. 곤돌라는 벌써 꽤 고도를 올렸고, 다시 내가 닦은 층까지 도착했다. 마른걸레로 마무리를 해나가지만 미사키 씨에 비해서 얼마나 유리가 깨끗해졌는지 자신이 없었다. 나는 가능한 한 평생 밖에 있고 싶어. 쇼타, 넌 어느 쪽이지?

3월 23일 비

아침부터 찬비가 내렸다. 짙은 구름이 드리운 하늘 아래 하얀 벚꽃들은 너무 일찍 개화해서 면목 없다는 듯이 고개를 숙이고 있다. 다운재킷을 입고 나올 걸 그랬다고 생각했다. 나일론용 보수시트를 다운재킷의 터진 부분에 붙여보긴 했지만 구멍이 자꾸 커져서 입고 나오는 것을 포기했다. 새 코트를 살까도 생각했으나 추운 계절도 이제 곧 끝난다. 오랜만에 페이스북에 들어간 것이 실수였다. 미사키 씨에게 지적당했듯이 괜한 자신감이 싹터버린 건지도 모른다.

때마침 올라온 페이스북의 타임라인에서는 TBS에 입사한 대학 동기가 데상트의 미즈사와 다운재킷을 자랑하고 있었다. 아무 생각 없이 가격을 알아보다가 너무 비싸서 깜짝 놀랐다. 나도 모르게 'TBS 초봉'을 검색해보았다. 사양 산업이라고 하는 업계인데도 그리 나쁘지 않은 금액을 받고 있다는 사실을 확인하고 침착성을 잃었다. 대학생 때와 똑같은 금전 감각으로 살고 있는 나와는 달리 내 대학 동기는 동떨어진 다른 세계로 가버렸다는 사실을 갑자기 자각한 것이다.

노부인에게서 받은 보수는 합쳐서 220만 엔이 되었지만 아직 1엔도 쓰지 않았다. 믿을 수 없게도 단 2주 만에 유리창 닦는 일의 연봉과 비슷할 정도의 금액을 벌었다. 같은 세상에서 이런 식으로 돈을 벌 수도 있다는 사실이 놀랍기만 했다.

어제는 월급날이었다. 미쓰이스미토모SMBC 은행 앱을 열지 않아도 그 입금액은 대충 상상이 가능하다. 실수령액 18만 7000엔에 교통비를 더한 금액.

하이츠에가와의 집세는 5만 5000엔. 지난달 식비는 2만 7850엔. 전기세와 가스비를 합산해서 도쿄가스에 내는 돈이 5620엔이고, 수도요금이 1250엔. 통신료는 도코모에 9698엔, 그중 24개월 할부로 내고 있는 아이폰의 할부금이 5383엔, 소프트뱅크 히카리에는 1800엔. 일본학생지원기구에 대한 장학금 변제가 1만 4270엔. 이번 달은 거기에 노부인에게 갈 때 산 스카이베리, 히나아라레, 초콜릿에 6566엔, 디젤의 복서팬티 세 장과 양말에 8640엔. 내가 쓰려고 산 샴푸봉과 스퀴지가 합계 8400엔. 평소보다 임시지출이 많았지만 월급 중 3만 엔 이상을 저금으로 돌릴 수 있다는 계산이 나온다.

지난 1년간, 이 18만 7000엔이라는 월수입에 대해 불만을 느낀 적은 한 번도 없었다. 장학금과 아르바이트비로 꾸려가던 대학생 시절에 비하면 오히려 꽤 여유 있는 생활을 하게 되었다고 느꼈다. 오히려 자신의 몸을 희생하면서까지 장시간 노동을 해서 돈을 버는 사람들을 향해 코웃음 치기도 했다. 아무리 열심히 한다 해도 보상받는 사람은 아주 일부다. 그렇다면 죽은 듯이 살고 있는 내 쪽이 더 낫다는 생각이 든다. 그러니까 후회하고 있는 건 아니다. 나와 내 동창들 사이의 거리가 상상했던 것보다 더 멀어져버린 것은 확실하지만 그건 분명히 나 자신이 선택한 길이다.

가을 채용기에 지원한 회사에서도 모조리 떨어진 후에는 정말로 자살을 생각하기도 했었다. 그러나 그것은 몹시 귀찮은 일이다. 필요한 도구를 준비해야 하고 여러 절차를 밟지 않으면 확실히 죽는다는 게 보장되지도 않는다. 자살미수로 인해서 심각한 후유증이 남는 경우도 많다고 들었다. 나에게는 그런 용기도 기력도 없다고 생각했다. 그러니까 살아야만 한다. 장학금도 갚아야 한다. 차라리 아버지처럼 장거리 트럭 운전이라도 할까 생각했지만 그것을 위해 면허를 따는 것 역시 귀찮은 일이었다.

지금 하는 일을 발견한 것은 정말 우연이었다. 면접관들의 냉랭한 반응을 온몸으로 느끼고 돌아오는 길, 신호등의 신호가 바뀌기를 기다리는 사이에 때마침 눈앞에 정차한 게이오 버스 창문에 비친 내 모습이 너무나도 비참해 보였다. 어울리지 않는 양복과 등을 구부정하게 하고 있는 몸. 이대로 끝인가 생각하며 하늘을 올려다보았다. 안 좋은 일이 있을 때는 억지로라도 위를 봐라, 그런 말이 생각났기 때문이다.

그때 눈에 들어온 것은 신주쿠의 고층빌딩이었는데, 한순간 투신자살도 나쁘지 않지 하는 생각을 하다가 자세히 보니 그 옆에는 더 기발한 모양의 빌딩이 서 있었다. 그렇게 역까지 '어차피 죽는다면 어느 빌딩이 좋을까' 하면서 위만 보며 걸었다. 실제로 투신자살을 결행할 수 있었던 사람들도 이렇게 빌딩을 올려다본 순간이 있었을까? 그들은 그 높이에 겁이 나지 않았을까? 죽기 위해서 올려다보는 하늘이 그들의 눈에는 어떻게 보였을까.

그중 한 빌딩이었다. 큰 벌레 같은 것이 창유리에 달라붙어 있었다. 뭔가 싶어서 눈을 가늘게 뜨고 주시하니 유리창을 닦는 청소원이었다. 옥상에서 늘어뜨린 가느다란 로프에 매달린 채 창문에 찰싹 달라붙다시피 해서 유리창을 닦고 있었다. 그런 일을 하는 직업이 있다는 것을 20년 넘게 살아오는 동안 내내 모르고 있었다. 그 빌딩 아래로 다가가서 보니 지상 작업원이 장대를 세우고 작업을 지켜보고 있었다. 장대에 쓰인 업체명을 검색해보았다. 정사원과 아르바이트생을 1년 내내 모집을 하고 있었다. 도쿄에 살기 시작한 지 4년이 되는 동안 전혀 모르고 살았던 그 일에 돌연 마음이 끌렸다. 나는 돌아오는 전철 안에서 응모 양식의 빈칸을 채워나갔다.

그 후 벌써 1년 넘게 지났다. 하바마쓰역에서 노부인의 맨션으로 향하는 길에는 콘크리트와 철강으로 쌓아 올린 고층 빌딩이 여럿 줄지어 서 있다. 여러 번 온 길인데도 오늘은 어느 빌딩이나 전부 몹시 차가운 인상을 준다. 그냥 날씨 탓이라면 좋겠다고 생각했다.

"오늘은 춥지요. 일부러 이렇게 와줘서 기뻐요."

평소처럼 노부인은 과하게 환영해주었다. 그녀는 가느다란 자수가 놓인 검은 니트에 새하얀 스카프를 두르고 있었다. 노부인의 패션에 완전히 익숙해져선지 챙이 넓은 큰 모자가 잘 어울린다고 생각했다.

"일주일만이네. 컨디션은 어때요? 잘 지냈나요?"

"감기는 걸리지 않았습니다."

미사키 씨에게 주의를 받고 나서는 무엇을 해도 마음이 편치 않은 시간이 계속되고 있었지만 컨디션이 나쁜 건 아니었다.

"오늘은 보여주고 싶은 게 있어요. 이렇게 즐거웠던 게 몇 년 만이더라."

나와 달리 노부인은 무척 즐거워 보였다. 거실에 흐르는 클래식조차 평소보다 음향도 크고 리듬도 경쾌하다. 지난주와 달리 복도에 상자가 하나도 놓여 있지 않다는 사실을 깨달았다. 노부인이 내준 슬리퍼를 신고 잘 닦인 마루 위를 걸어 거실로 향했다.

"아직 진행 중인데, 어떨라나."

노부인의 뒤를 따라 거실에 들어섰을 때 캔들로 밝힌 어두운 거실은 변함없이 상자로 가득 차 있었다. 도대체 무엇이 바뀌었다는 것인가. 상자 배치에 뭔가 조금 변화를 줬나? 하고 생각하며 발을 들여놓는데, 높이 쌓아 올린 상자에 일정 간격으로 사진이 빽빽이 붙여져 있었다. 그건 내가 가져다 준 사진들이었다. 상자에 사진을 붙여놓으니 마치 오피스빌딩이나 타워맨션 모형에 창을 단 것처럼 보였다.

"기록해준 사진이 몇백 장이나 됐잖아요. 앨범에 정리할까 했지만 그러면 한번에 볼 수 있는 수가 너무 적어요. 게다가 창문마다 한 사람 한 사람의 인생이 있는데 그걸 앨범에 철해버리면 멋진 기록을 봉인해버리는 것 같아서 아까운 거예요.

무슨 방법이 없을까 고민했더니 미호가 가르쳐줬어요. 이 거실을 쓰면 되지 않느냐고. 준하고는 그렇게 하고 놀았잖아 하면서요. 그 말을 듣고 가슴이 덜컥했어요. 미호는 내가 준하고 나무쌓기 놀이를 했다는 걸 모른다고 생각했었으니까요. 글쎄, 미호는 몸을 움직이는 걸 싫어했거든요. 그래서 준하고 놀 때 같이 놀자고 한 적이 없었어요. 그것 때문에 마음이 상했고, 그 서운한 마음을 계속 가슴에 품고 있었는지도 모르겠어요. 그때 미호에게 같이 놀자고 하지 않은 데에는 그럴 만한 이유가 있었다고 말하면, 남들은 그 말을 납득해주거나 아니면 납득한 척이라도 해주겠지요. 하지만 나 자신에게는 그런 말을 해줘봤자 스스로 납득하기가 쉽지 않네요."

노부인은 상자와 상자 사이를 헤치고 들어갔다.

"어떻게 할지 준이랑 의논하고 싶었어요. 하지만 준하고는 이미 오랫동안 만나지 못했어요. 마지막으로 차를 함께 마신 게 언제였더라. 도쿄회관에서 마론샨테리(프랑스의 디저트 몽블랑을 일본인에 맞게 만든 디저트)의 새하얀 크림을 한가득 입에 물고, 우리, 제대로 어른이 되어서 다행이야, 하고 웃었던 게 기억나요. 이제 그 레스토랑도 없어졌겠지요."

나는 아무 말 하지 않고 노부인을 응시했다. 그녀는 사진이 정연하게 붙어 있는 상자를 사랑스럽다는 듯이 손끝으로 쓰다듬었다.

"열심히 귀를 기울여 봤지만 준의 목소리는 들리지 않았어요. 처음으로 셋이서 놀 수 있다고 생각했는데 아쉬웠지요. 그래도 한 번 이렇게 사진을 붙이기 시작했더니 여러 사람에 대한 기억이 되살아났어요. 이 청년은 오카베의 젊은 시절과 닮았다든가, 이 여자아이는 쓰네코의 친구였던 요코랑 닮았다든가, 이 부인은 사치코랑 닮았다든가. 즐거웠어요. 자꾸자꾸 거리가 만들어져가는 거예요. 보기 흉한 속된 빌딩의 집합이 아니라 내가 정말 좋아하는 사람들이 사는 거리. 사람들은 모두 표정이 밝아요. 여러 가지 일들이 있었을 텐데도 슬픈 일은 잊어버린 것 같아요."

세 개의 검은색 샤넬 상자를 쌓아 올리고 그 위에 다시 빨간 바카라 상자를 올려놓은 '오피스빌딩'에는 마루노우치 빌딩에서 기록해 가지고 온 사진이 붙어 있었다. 노부인은 "실루엣만 보면 마치 엠파이어스테이트 빌딩 같지요?" 하고 웃음 짓는다. 오피스에서 바삐 일하는 사람들의 사진이 같은 간격으로 붙어 있다. 세어 보니 가로로 열다섯, 세로로 서른다섯 개의 '창'이 있었다. 중년 남성들이 가득 모여서 회의를 하고 있는 방, 아무도 없는 자료실 등 내가 기록한 한순간이 '오피스빌딩'의 '창'을 만들고 있었다. '오피스빌딩'의 높이는 내 키 정도였다. 노부인이 혼자서 만든 걸까?

그 옆에는 커다란 골판지 상자로 만들어진 '학교'가 있었다. 상자 바깥쪽은 물론, 몇 개쯤의 방으로 나누어 놓은 상자 안에도 교실과 복도의 사진이 진열되어 있었다. 분필로 "선생님, 잊지 않을 테니까요, 히나코"라고 쓰인 칠판도 물론. '학교' 주위에는 '상업빌딩'이나 '타워맨션'이 줄지어 섰고, 그건 노부인이 말한 대로 하나의 거리처럼 보였다. 거기에 사는 사람들의 모습이 모두 내 기록에 의해서 구성되어 있다고 생각하니 기분이 야릇했다.

"멋진 거리네요."

"그래요. 게다가 이제부터 거리는 계속 커져갈 거예요. 그렇지요?"

노부인은 웃으며 나를 쳐다보았다.

"이번 주는 비가 와서 쉬는 날이 있었기 때문에 좀 적습니다."

기록 사진이 든 봉투를 노부인에게 건넸다. 지금까지 가져온 것 중 가장 적은 280장이다. 비가 와서 작업을 하루 쉬었던 건 사실이지만 곤돌라 안에서 미사키 씨로부터 소문에 대한 이야기를 들은 이후 바로 오버올에서 고프로를 떼어냈다.

만약 신체검사라도 당하면 카메라는 틀림없이 문제가 된다. 더구나 옷에 꿰매어놨다는 사실이 드러나면 계획적인 도촬 혐의를 벗을 수 없다. 그래서 어제는 사진을 한 장도 촬영할 수 없었다. 오다이바에 있는 후지 테레비 만안 스튜디오의 창을 닦았기 때문에 영상을 찍었다면 예능인 사진을 많이 확보할 수 있었을 것이다. 만약에 회사가 정말로 나의 도촬을 의심하고 있다면 방송국의 스튜디오야말로 감시당하기 가장 좋을 장소다. 결국 신체검사를 당하는 일은 없었지만 온종일 긴장을 풀 수 없었다.

노부인에게 말해야 한다. 회사 내에서 기록에 대한 소문이 난

것 같습니다. 그래서 이제 사진을 가져올 수 없습니다. 이런 일은
이제 그만하는 게 어떨까요? 하지만 봉투에서 꺼낸 사진을 한 장
한 장 소중히 넘겨 보는 노부인을 앞에 두고 나는 차마 입을 떼지
못했다.

"오늘도 멋진 기록이 많이 있네요. 오랜만에 온 거니까 지금
바로 사진을 붙여서 거리를 만들고 싶은데, 도와줄래요?"

그건 상관없다. 하지만 오늘의 280장이 마지막일지도 모릅니
다. 아쉽지만 여기서 끝내야 할 것 같습니다.

"물론입니다."

나는 미사키 씨와 주고받았던 말들을 깨끗이 잊어버리기라도
할 것처럼 과장된 웃음을 지어 보였다. 억지웃음이라고는 하나
이런 식으로 웃은 건 정말 오랜만인 것 같았다. 내가 웃는 것을
보고 노부인도 입을 벌리고 웃었다. 에나멜질의 깨끗한 이다.

그녀가 손에 들고 있던 사진은 월요일에 종합병원을 찍은 것
이었다. 제일 높은 층에 있는 완화 케어 병동의 사진. 책꽂이와
옷장이 놓인 방은 언뜻 보면 일반 가정집의 방과 다를 게 없어 보
인다. 동영상 중 사진으로 잘라낸 장면은 입원해 있던 여성이 나
를 향해 말을 거는 순간이었다. 병원의 창을 닦을 때는 환자가 말

을 걸어오는 일이 많다. 그 여성은 날씨 이야기를 했다.

"유리 닦는 분이 오면 비가 와요."

"비로 더러워지면 또 오겠습니다."

나는 순간적으로 그렇게 대답했다.

"약속한 거예요. 비는 금방 그쳐도 튀어버린 물방울은 좀처럼 사라지지 않으니까요."

뒤를 돌아보니 먼 곳의 구름이 짙어지고 있었다. 정말로 곧 비가 내릴 것 같았다.

"이 분, 얼굴의 인상이 좋아. 싸워온 얼굴이야. 결코 포기한 게 아닐 거예요. 하지만 맞서려고도 하지 않는 얼굴이에요. 병은요, 받아들일 것인가 싸울 것인가를 결정하는 게 가장 어려워요. 실제로는 결정하지 못하는 경우가 거의 대부분이지요. 병을 앓는 본인도 주위 사람들도 마지막까지 어느 쪽일지 정하지 못하고 왔다 갔다 해요. 하지만 이 분은 자신이 납득할 수 있는 쪽으로 결정을 했군요. 언제 한 번 만나 보고 싶네요."

우리는 식기가 들어 있던 티파니앤코의 작은 상자를 늘어놓고 '병원'을 만들어나갔다. 파랑과 초록이 섞인 것 같은 색의 건물에 한 장씩 사진을 붙였다. 오래간만에 사용하는 빨간 뚜껑의 '아라

빅야마토' 풀. 초등학교 때의 공작시간이 생각난다고 했더니 노부인 때에는 깡통에 든 전분 풀을 썼다고 했다.

"그래도 냄새는 같아요. 불쑥 코로 들어오는 냄새가 마지막에는 부드러운 향기로 남아요. 종이를 오려 붙여서 세계지도를 만들곤 했지요."

실제 병원에서는 아래층으로 내려감에 따라 고통스러워하는 사람이 더 많아지는 것 같았다. 노부인의 말에 따르면 그들은 싸우고 있는 사람이었던 걸까? 사진은 되도록 더 편안해 보이는 표정일 때 잘라내자고 생각했다. 티파니 '병원'은 그 선명한 색깔 탓인지 유럽의 집합주택처럼 보이기도 했다.

"예전에 병원 안을 청소한 적이 있어요. 그때 커튼레일 모서리에 머리를 부딪쳤는지 피가 났어요. 하지만 그걸 모르고 그냥 땀이라고 생각하고 작업을 계속했죠. 그랬더니 복도에서 지나가던 할아버지가 갑자기 절을 하기도 하고, 휠체어를 탄 할머니가 놀란 표정을 짓고 울음을 터뜨리기도 하는 거예요. 왜 그런가 했더니 내 얼굴이 피가 번져서 새빨개졌던 거죠. 아마도 드디어 저승에 왔구나 하고 그분들을 착각하게 만든 게 아닌가 싶어서 미안했어요."

"어머, 그때의 상처는 괜찮나요?"

노부인은 내 얘기에 웃지도 않고 내 얼굴을 뚫어져라 쳐다보았다. 어쩔 수 없이 앞머리를 올려 보였다.

"이제 괜찮아요. 한참 전에 있었던 일이라서."

상처 같은 게 있을 리 없다. 정말은 그 사람한테서 들은 이야기였으니까. 웃어줬으면 해서 한 실없는 거짓말이었는데 노부인은 걱정스러운 얼굴을 하고 나를 보았다. 부끄러워져서 얼굴을 돌리려고 했더니 천천히 둘째손가락과 가운뎃손가락을 내 이마에 가져다 댔다.

그 손끝은 상상했던 것보다도 따뜻했다. 애초에 다친 일이 없는 데도 왠지 상처가 아무는 느낌이 퍼졌다. 손끝은 조용히 이마 위를 이동해갔다. 정말은 머리를 부딪치지 않았지요. 피 같은 건 나지 않았지만 괜찮아요. 당신이 아는 누군가의 경험은 당신의 경험이기도 해요. 아팠네요. 다른 사람들을 놀라게 했군요. 우스꽝스러웠겠어요. 그건 당신에게 일어난 일이에요.

나는 노부인의 얼굴을 마주보고 있을 수 없어서 시선을 가능한 한 오른쪽으로 기울였다. 창문에 걸린 검은 커튼이 노부인이 만든 거리의 배경을 마치 밤하늘같이 물들이고 있었다. 아무도 움직이지 않고 등불조차도 켜지 않는다. '창문'에 수없이 많은 인생이 비치고 있는 것처럼 느껴졌다. 그저 지나쳐왔을 사람들의 일생의 어느 한순간이 잘라내어져 거기에 있는 것이다. 무수한 얼굴. 무수한 표정. 무수한 방. 본인조차도 기억하고 있지 않을 그 한순간. 실제로는 세계 어디에도 남지 않았을 풍경.

"예쁜 이마야. 분명 괜찮아. 하지만 무슨 일이 있으면 알려주기 바라요. 상처가 깨끗해졌어도 그 안쪽은 아무것도 해결되지 않은 채로 있을 수도 있으니까."

"쓸데없는 일이라고 생각했어요. 글쎄, 아무리 유리를 깨끗이 닦은들 몇 개월 후에는 완전히 더러워져 있으니까요. 비가 오는 날에는 청소한 게 몇 시간 만에 헛수고가 되기도 하고요. 게다가 거의 아무도 창밖을 보지 않아요. 미세하게 더러운 부분이 남아 있으면 바로 항의가 들어오지만 그건 그 더러움이 창 안쪽에 속하는 것이기 때문일 거예요. 실제로는 창문 밖에 대해서 사람들은 흥미가 없죠. 창문 밖의 세상이 어제와 오늘과 내일, 뭐가 다른지 분명 아무도 모를 거예요. 밖에서 무슨 일이 일어나든 안에 있는 사람은 무관심해요. 그러니까, 그 사람은 분명 헛된 죽음을 맞은 거예요. 왜 사람들은 모두 밖을 보고 싶어 할까, 라고 말했지만 사실은 밖은 필요 없던 거예요. 그 사람이 마음대로 그렇게 믿고 싶었을 뿐. 100년은커녕 10년, 아니 1년만 지나도 아무것도 남지 않아요. 그래도 그게 좋았어요. 내가 여기 있었다는 것 따위는 다들 깨끗이 잊어줬으면 해요. 사실 창 닦는 일은 지금 당장 죽어도 상관없는데 죽지 못하는 나 같은 사람한테 딱 맞는 일이죠. 쓸데없는, 의미 없는 일이니까 계속할 수 있는 거예요. 이런 우스꽝스러운 직업이 또 있을까요? 우리는 어떤 흔적도 남겨서는 안 돼요. 계속 그런 식으로 생각했었는데 깜박하고 이렇게 남기고 있네요."

펜디 타워맨션에서 연인이 말다툼을 하고 있다. 젊은 남자는 허세를 부리고 있는 것 같기도 하고 어리광을 부리고 있는 것 같기도 하다. 그 옆집에는 고령의 남성이 침대에 누워 있다. 사진만 보면 그저 자고 있는 것인지 죽은 것인지 알 수 없다. 그 바로 윗집은 한창 홈파티 중이다. 잘 차려입은 중년 여성들이 값싼 장식들 속에서 샴페인을 마시고 있다. 그중 한 사람이 방구석에서 심심하다는 표정을 하고 서 있는 어린아이와 눈이 마주친다.

"오카베의 오래된 친구 중에 이시하라 씨라는 심리학자가 있었는데 재미있는 연구를 하고 있었어요. 전 세계의 확정 사형수에게 어떤 걸 묻는대요. 뭘 물었게요? 그가 항상 물었던 질문은 '지금 가장 무서운 것은 무엇입니까?'였다고 해요. 사형수들은 입을 모은 듯이 이렇게 답을 했대요. '인생의 의미 없음이 무섭다.' 이상하지요. 이시하라 씨에 따르면 죽는 것이라고 대답한 사형수는 거의 없다는 거예요.

국가에 의해 살 가치가 없다고 선고받는 건 어떤 기분일까요. 남겨진 시간 동안 아무리 반성한들 형 집행이 취소되는 것은 아니에요. 그러니까 아직 자신이 살아 있는데도, 그 인생은 그저 죽음을 기다리기 위해서만 존재하고 있는 거지요. 그런 식으로 죽음을 기다리는 사람이 이 나라에만 100명이 넘게 있잖아요. 그들에게는 살 가치가 없는 걸까요? 그런 걸 인간이 결정할 수 있는 걸까요? 우리도 언젠가는 모두 없어져요. 그런 점에서 보면 우리도 국가에 의해 선고받지 않았을 뿐, 사실은 삶의 의미 같은 건 아무것도 없는 걸지도 몰라요."

노부인은 티파니앤코 병원에 사진을 한 장씩 붙여나갔다. 사람은 아무도 없는 침상만 네 개가 놓여 있는 방, 각각의 침상에 커튼이 닫힌 한산한 방, 생화와 가족사진에 둘러싸여서 잠자고 있는 젊은 여성의 방. 한바탕 사진을 붙이고 난 후 노부인은 안쪽

방에 갔다 오겠다고 하고 자리를 뜨더니 몇 분 후에 돌아왔다.

"이거, 받아주지 않을래요?"

그녀는 더러워진 상자를 하나 가져와 내밀었다. 뚜껑을 열어 보니 흠집투성이 손목시계가 들어 있었다. 심플한 검은 글자판에 하얀 눈금과 바늘. 갈색 가죽이 많이 상해 있다는 것을 알 수 있었다. 꽤 오래된 시계 같았다.

"아버지가 오카베에게 결혼 선물이라면서 사 준 거예요. 무척 오래된 거지만 아직 쓸 수 있을 거예요. 계속 임자가 없어서 곤란했어요."

"이런 걸 생면부지인 제가 받을 수는 없습니다."

"무슨 그런 말을. 당신은 이미 생면부지가 아니에요. 있지요, 부탁이에요. 노부오도 쓰네코도 오카베의 물건 같은 것은 받으려고 하질 않아요. 폐가 될지 모르겠지만 잠시 맡아둔다고 생각하고 가져가주면 안 될까요?"

솔직히 난처했다. 아무런 브랜드명도 적혀 있지 않고 바늘도 멈춰 있는 시계였다. 노부인의 소유물이니까 가치 있는 것일지 모르지만 이런 흠집투성이 시계를 차고 있으면 사람들이 뭐라고 할까. 그렇게 청하는 노부인이 표정은 온화했지만 그 표정 아래로 간절함이 느껴졌다. 여기서 계속 거절하면 그녀가 슬퍼할지도 모른다.

"그럼, 맡아두겠습니다. 언제든지 필요해지면 말씀해주세요."

"다행이다. 당신이 가져가주는 건 이 시계로서는 무척 의미 있는 일이에요. 그리고 당신에게도 그렇게 되면 좋겠는데."

나는 그 자리에서 노부인에게서 받은 시계를 왼손에 찼다. 처음에는 갈색 가죽 줄의 온도가 싸늘하게 느껴졌지만 금방 따뜻해졌다. 사이즈가 딱 맞는 것을 보고는 노부인이 빤한 연기를 하는 게 아닌가 싶을 만큼 좋아했다.

그날도 노부인에게서 요리와 와인을 대접받았다. 콘스프, 오이셔벗, 비프스튜, 초콜릿 바바루아 등을 곁들여서. 식사 중에는 줄곧 노부인이 젊었을 때의 이야기를 듣느라 앞으로는 촬영이 어려워질지도 모른다는 말을 꺼낼 수가 없었다.

노부인의 배웅을 받으며 현관을 나설 때가 마지막 기회였다. 그러나 상자가 없어진 복도를 지나갈 때, 현관에서 슬리퍼를 벗을 때, 문을 열고 돌아볼 때, 그 모든 기회를 놓치고 말았다.

"나에게 거리를 가져다 줘서 고마워요. 앞으로도 기록을 기대하고 있을게요. 거리를 더 크게 만들어야지. 그렇죠?"

그렇게 말하고 노부인은 나를 껴안았다. 온몸에 밀크셰이크가 가득 찬 것 같은 그 향기에 나는 왠지 울컥했다.

3월 27일 맑음

　곤돌라는 천천히 새 오피스빌딩을 올라갔다. 나는 다시 오버올에 고프로를 꿰매고 기록 활동을 재개했다.

　노부인에게 거리의 사진이 그토록 소중하다는 걸 알아버렸으니 무턱대고 기록을 멈출 수는 없다고 생각했다. 게다가 기록을 못 하게 되면 나는 노부인에게 더 이상 쓸모없는 사람이 되어버린다. 빌딩 청소회사는 무수히 많으니까 최악의 경우에는 회사를 옮겨도 된다. 그러나 업계가 넓은 게 아니므로 문제를 일으킨 사람에 대한 소문은 금방 돌 것이다. 그렇다면 기록 활동을 들키지 않는 게 최선이다. 그런 점에서 오늘은 파트너가 나카무라라서 안심이었다. 앞으로는 파트너가 누구냐에 따라 기록을 할지 말지를 결정하는 것도 한 가지 방법일 것이다.

흠집투성이에 색 바랜 손목시계가 10시 15분을 가리키고 있었다. 시간은 아이폰으로 확인하면 된다고 생각하고 있던 터라 처음에는 태엽을 감고 꼭지를 돌려 바늘을 맞추는 게 귀찮았다. 하지만 이렇게 계속 차고 있다 보니 왠지 마음에 들어서 몇 번이나 시계를 들여다보며 시간을 확인한다. 시계는 생활에 리듬을 주는 것 같기도 하고, 어쩐지 이 투박한 오버올과도 잘 어울렸다.

빌딩 안에서는 낮인데도 형광등이 환하게 켜진 회의실에서 정장을 차려입은 남녀가 제각각 PC를 마주하고 앉아 있다. 그 누구도 잡담을 하고 있는 기색이 없다. 넥타이를 풀고 있는 사람은 물론, 재킷을 벗고 있는 사람조차 찾을 수 없다. 유리창에서 미처 못 닦은 부분을 발견하고 마른걸레로 닦아내려고 하지만 좀처럼 닦이지 않는다고 생각하는 사이에 케이지는 한 층 위로 올라가버렸다.

"쇼타 씨도 구직활동에 실패한 경우죠? 나도 그래요. 대학생 때는 졸업하면 당연히 대기업에 들어가서 일하게 될 거라고 생각했어요. 하지만 지금 와서 보니 이 일을 하는 것도 괜찮구나, 하는 생각이 들어요. 이쪽에서 보면 저쪽, 창문 안쪽도 매우 우스꽝스럽지 않아요?"

책상이 ㄷ자형으로 놓인 큰 회의실에서는 정장을 입은 노년의 남성들이 토론이라도 하고 있는 모양이었다. 그러나 지루한 토론인 듯, 창 쪽에 앉은 사람들은 하나같이 눈앞의 스마트폰이나 태블릿에 시선을 두고 있다. 숱이 많은 백발의 신사는 아예 성인사이트를 보는 중이었다. 간부회의라서 그런가, 널찍널찍 간격을 두고 앉아 있어서 다른 사람이 무엇을 하고 있는지 알 도리가 없을 것 같았다.

"이런 노인들을 먹이기 위해서 젊은이들이 혹사당하고 있어요. 연공서열이라는 원칙을 믿고 싼 급여와 장시간 노동을 참고 일했더니 중간에 회사가 도산해버린다, 그런 희극 같은 인생을 사는 건 딱 질색이에요."

요전번과 다르게 나카무라 씨는 자기 얘기만 쏟아냈다. 언제 죽어도 이상하지 않은 우리 쪽이 창문 저쪽보다 더 희극적인 것이 아닌가 하는 생각이 들었지만 그가 자신의 이야기에 집중하게 놔두는 편이 좋다고 생각해서 가만히 듣고 있었다. 일단 최상층까지 올라간 곤돌라는 오른쪽으로 위치를 옮겨서 다시 하강하기 시작했다. 샴푸봉을 양동이에 집어넣었다가 유리에 가져다 댄다. 될 수 있는 한, 될 수 있는 한 무심해지려고 했다.

"쇼타 씨, 전에 유리창을 닦는 내 방식에 대해서 이야기했었 죠?"

세계의 종말이란 어떤 식일 것 같아? 밴드 얘기가 아니야(일본에 '세계의 종말'이란 이름의 밴드가 있음). 우리는 세계의 종말이란 말을 들으면 인류가 완전히 멸망한, 황폐해진 대지를 상상하잖아. 나도 그랬어. 하지만 아무래도 그게 아닌 것 같아. 설령 핵전쟁이 일어나도 핵폭탄으로는 도시를 파괴하는 것이 고작이야. 죽는 건 끽해야 수천만 명에서 수억 명인 모양이더라고. 물론 그것만으로도 굉장한 숫자지. 하지만 지구에 사는 사람 모두가 사라지는 건 아니야. 영화에서 단골로 등장하는 운석 충돌이 실제로 일어나도 그로 인해 인류가 한 명도 남김없이 사라지기까지는 엄청난 세월이 필요해.

"쇼타 씨한테만 가르쳐주는데, O나 X를 그려서 점수를 주는 거예요. 이 방은 합격이라고 생각하면 샴푸봉으로 O자 모양을 그려요. 이중으로 O자를 그릴 경우도 있어요. 반대로 이 방은 불합격이라고 생각하면 X자를 그리는 거죠. 물론 지금 이 방은 X예요. 오늘은 X뿐이네요. 최종적으로 O와 X를 집계해서, 그 빌딩이

O인지 X인지를 기록하는 거죠."

생명이란 의외로 끈질긴 모양이야. 그러니 분명 인류도 한 번에 죽지는 않아.

"어떻게 쇼타 씨가 그걸 알아채고 언질을 주는 걸까 하고 생각했어요. 여러 사람들과 콤비를 이뤄봤지만 주의해서 보는 사람이 별로 없었거든요. 특히 경험이 적은 신입은 눈앞의 창문을 깨끗이 닦는 것만으로도 힘이 부치기도 하고요. 내 지론인데 쓸데없이 남에 대해 신경 쓰는 사람들은 스스로도 뒤가 켕기는 일이 있는 경우가 많아요. 그래서 나도 의식해서 쇼타 씨를 관찰하기로 했죠."

스퀴지로 잘 닦아내지 못해서 미처 닦지 못한 부분이 크게 생기고 말았다. 나카무라 씨가 개의치 않고 곤돌라를 하강시키려고 하기에 "잠깐 멈춰도 될까요?" 하고 양해를 얻고 공들여 스퀴지와 마른걸레로 창문을 닦았다.

"일을 정말 열심히 하는군요. 안 그래도 돼요."

나카무라 씨는 내가 필사적으로 유리창을 닦는 것을 보고 코웃음을 치고는 다시 곤돌라의 하강 버튼을 눌러버린다. 창문 건너편에서는 새카만 정장 차림의 젊은이들이 테이블마다 나뉘어

앉아 토론을 하고 있는 것 같았다. 한 사람이 과장되게 손을 흔들며 토론을 리드하고 있었다. 그것을 다른 젊은이들이 재미없다는 듯이 쳐다본다.

"쇼타 씨는 참 이해하기 쉬운 것 같아요. 표정도 행동도 너무 솔직해요. 나를 우습게 알았죠? 얕봤었죠? 그런 것도 얼굴에서 그대로 드러나거든요. 물론 나야 유리닭이 정도밖에 못하는 사람이죠."

나는 나카무라 씨의 목소리를 무시하듯이 다시 샴푸봉과 스퀴지를 창문에 가져다 댔다. 한층 아래에서는 세 명의 중견사원이 정장차림을 한 대학생 두 명과 마주앉아 있는데 아마도 면접을 보고 있는 모양이었다. 바로 앞의 학생은 등을 쭉 펴고 당당하게 자기 의견을 말하는 것 같고 다른 한 명은 등이 굽은 데다 앞머리가 길고 넥타이도 느슨하게 매고 있었다. 그들이 무슨 이야기를 하고 있는지는 알 수 없지만 둘 중 누구를 합격시키겠냐고 내게 묻는다면 망설이지 않고 앞쪽의 학생에게 동그라미를 칠 것이다.

"쇼타 씨, 오늘도 그렇지만 늘 가슴께에 자주 손을 갖다 대더군요. 처음에는 그냥 버릇인가 했어요. 하지만 너무 빈도가 높아서 신경이 쓰이더라고요. 이따금 렌즈가 반사되기도 하고."

나는 뭐라고 대꾸할 기력도 없이 왼손으로 가슴께를 만졌다. 마이크로 SD카드 안에는 건물을 위아래로 두 번 왕복한 분량의 영상이 담겨져 있다. 완전히 방심했다고 할 수밖에 없다. 나카무라 씨니까 괜찮다고 믿고 있었다. 그에게 약점을 잡히는 것은 상관없지만 노부인과 만날 구실이 없어지는 것은 곤란했다. 그녀에게서 받은 손목시계도 이제 익숙해졌는데. 내가 왼손을 흘낏 보는 것을 나카무라 씨가 놓치지 않았다.

"멋쟁이 시계네요. 잠깐 보여줘요."

"이 시계는 아니에요"라고 말하기 시작한 상태에서 곤돌라는 작업이 끝나는 2층에 도착해 다시 상승하기 시작했다. 올라가는 내내 손목시계를 찬 왼손을 주머니 안에 넣고 있었다. 나카무라 씨는 이따금 히죽거리면서 내 쪽을 볼 뿐 그 이상 억지를 부리지는 않았다. 대신 그는 특기인 지론을 전개해나갔다.

"이 회사, 일본에서는 훌륭한 대기업 취급을 받고 있지만, 세계 시가 총액 랭킹에서는 톱100에도 들지 않아요. 사내에서는 정치판마냥 서로 세 싸움 하느라 여념이 없으니 이노베이션이 일어날 방도가 없어. 타이핑 소리가 시끄러우니까 회의록은 손글씨로 해야 한다든가, 사내 문서에 가타카나를 사용할 때는 반각(기본 활자 절반 크기의 너비·공간)으로 해야 한다든가, 하는 식의 불합리한 룰이 많이 있는 모양이에요. 좀 전의 젊은이는 인턴 면접을 보고 있던 걸까요? 이런 회사엘 왜 들어가려고 하는 거죠?"

그렇게 뭐든지 다 부정해서 어떻게 할 거냐고 받아치려다가 혹시 나카무라 군이 이 회사에 지원했다가 떨어진 적이 있을지도 모른다는 생각이 들었다. 과도하게 뭔가를 비판하는 것은 넘치는 애증의 증거다. 나 역시 그런 면이 있으니까. 그런 생각을 하는 사이에 곤돌라는 옥상에 도착했다. 결국 좋은 변명거리는 아무것도 생각해내지 못했다.

반장인 소마 씨가 크레인을 조작해서 케이지를 정해진 위치로 돌려놓는다. 이대로 점심시간이고 13시에 작업을 재개한다고 했다. 소마 씨 쪽을 바라봤는데 내 시선을 피한 것 같았다. 어쩌면 나카무라를 통해서 내가 도촬을 하고 있었다는 사실이 모든 스태프에게 전달되었는지도 모른다. 곤돌라에서 내려 안전모를 벗는데 나카무라가 작은 소리로 말했다.

"대기실 화장실에서 기다려주세요."

순간, 오버올을 찢고 고프로를 버려버릴까 생각했다. 하지만 나카무라의 말투로 보아 이미 모든 것을 알고 있다는 눈치였다.

이제 와서 잔재주를 부려봤자 이미 때는 늦었을 것이다. 해고는 당연하다 치고 경찰에 넘겨지기라도 하는 걸까. 아니면 회사에서 손해배상이라도 청구하려고 할까. 그건 상관없었다. 다행히 나에게는 노부인으로부터 받은 돈이 있다. 하지만 더 이상 기록을 할 수 없게 되었다는 것을 알면 그녀가 어떤 반응을 보일까.

화장실 문을 열었을 때, 아이폰이 진동했다. 새 메시지 표시가 되어 있는 SMS를 열어보니, 어머니로부터 온 것이었다. '쑥 모임에서 벚꽃놀이 중'이라는 메시지에 핀트가 안 맞는 벚꽃 사진이 첨부되어 있다. 약 2주일만의 연락이었지만 선거와 관련한 세세한 진척사항은 쓰여 있지 않았다. 평소처럼 메시지를 지울 수가 없어서 폰을 그대로 주머니에 넣었다.

나카무라가 온 것은 그로부터 5분 후쯤이었다. 그는 화장실에 들어오자마자 히죽거리면서 내 가슴께를 쥔다. 궁상맞은 체형에 어울리지 않는, 상상도 못할 힘에 놀라 저절로 몸이 굳어버렸다.

"고프로입니까? 대담하군요. 이런 큰 카메라로 잘도 도촬을 계속했네요. 발각될 리스크보다도 퀄리티를 중시했다는 건가. 누구 부탁으로 이런 짓을 한 겁니까? 설마 취미는 아니겠죠."

나카무라는 내 왼쪽 손목을 치켜 올려서는 핥듯이 손목시계를 바라본다.

"역시 고가품이야. IWC의 빅 파일럿 워치. 더구나 상당한 빈티지군요. 실은 나, 아직 아무한테도 쇼타 씨의 도촬에 대해 얘기하지 않았어요. 입막음 비용을 이 시계로 하는 거 어때요?"

나카무라의 얼굴이 흉측하게 일그러진다. 내가 어떻게든 그의 팔을 뿌리치자 그는 조금 놀란다. 나는 호흡이 거칠어졌다.

"이 시계가 그렇게 비싼 시계인지는 몰랐습니다. 맡아두고 있던 건데 마음에 들어서 차고 있었어요. 하지만 내가 고프로로 유리창 안을 촬영한 것은 사실이에요. 회사에 말해도 상관없습니다. 나카무라 씨를 얕보고 있던 것도 사실이에요. 미안합니다."

그렇게 말하고 나는 고개를 숙였다. 화장실 밖의 복도를 누군가가 가로질러 갔으나 우리가 있다는 것을 눈치 챈 것 같지는 않았다. 나카무라는 억지로 웃음을 참는 표정을 하고 내 얼굴을 바라보더니 가슴주머니에서 천천히 굵은 만년필 같은 것을 꺼냈다. 그것이 뭔지는 바로 알 수 있었다. 내가 몇 주 전, 실컷 검색한 제품 중의 하나였다.

"나도 하고 있어요."

나카무라가 다시 얼굴을 흉측하게 일그러뜨린다. 본인은 웃고 있는 걸까. 치열이 고르지 못한 데다 몇몇 치아들은 누렇게 변색되어 있다.

"안 하면 손해잖아요. 이런 재미도 없다면 뭐 하러 이런 일을 하겠어요? 목숨을 내놓고 일하는데도 급여는 싸지."

이런 일. 그 말이 신경을 긁는다. 그래, 마치 대학 동창이 데모에 대해 코웃음 쳤을 때처럼. 나도 조금 전까지는 나카무라와 같은 생각을 했었다. 그래서 더 화가 났다.

"나까지 말려들고 싶지 않으니까 절대로 들키지 말아요."

나는 나카무라 씨하고는 달라요. 그 말이 목소리가 되어 나오기 전에 나카무라는 화장실에서 나가버렸다. 나는 그를 쫓아가지도 못하고 그 자리에 우두커니 서 있었다. 문득 옆을 보니, 작은 거울과 수도꼭지가 있었다. 억지로 웃어 보이려고 하자 그 표정이 나카무라가 지었던 표정과 지독하게 닮아 보였다. 나는 나카무라 씨하고는 달라요. 그 거울은 군데군데 물보라가 튀어 있고 때가 많이 묻어 있는 것 같았다. 주머니에 넣어둔 마른걸레로 더러운 부분을 닦아냈다. 말라붙은 물방울 자국이 잘 지워지지 않아서 손끝에 힘을 주었다. 단번에 죽어 없어지지 못하는 인류를 위한 호텔이 있어. 침대와 샤워룸이 준비되어 있는 게 아니야. 그곳은 인류가 평온하게 멸망해가기 위한 장소가 아니니까 말이야. 거울의 말라붙은 때는 좀처럼 닦이지 않았다. 눈을 부릅뜨고 필사적으로 마른걸레를 움직이는데도, 그 얼굴은 아직도 나카무라를 몹시 닮은 것 같아 보였다. 격에도 맞지 않게 누군가를 위해서 뭘 한다고 하다니 너에게는 무리라고. 그런 말을 들은 것 같았다.

공연히 초조해져서 나는 마른걸레에 더 힘을 주었다.

4월 19일 보름달

'3' '7' '0' '6'. 꽤 오랜만에 그 번호를 누르는 것 같았다. 처음 이 맨션에 왔을 때가 생각나서 조금 긴장했다. 더구나 오늘은 등에 큰 백팩도 짊어지고 있다. 실크해트를 쓴 남자가 수상쩍게 보고 캐묻지 않을까 조마조마했다. 송곳과 칼, 투박한 쇠붙이 같은 위험한 도구까지 가지고 왔으니 말이다. 번호를 누르고 나서 30초쯤 기다렸지만 아무런 응답이 없었다. 혹시 이사를 간 걸까? 있을 수 없는 일은 아니다. 노부인의 나이를 생각하면 입원을 하거나 요양보호시설에 들어갔을 수도 있다. 왜 좀 더 빨리 오지 않았을까. 그렇게 후회하면서 반쯤 기도하는 심정으로 한 번 더 '3'

'7' '0' '6'을 눌렀다. 이번에는 10초쯤 지나서 "와주었군요" 하는 목소리가 인터폰 너머로 들려왔다. 노부인에게 내 얼굴이 보이는지 알 수 없었지만, "네"라고 답하면서 웃어 보였다.

변함없이 야단스럽게 꾸민 로비와 시간이 걸리는 엘리베이터와 어둡고 긴 복도를 지나 노부인의 집에 다다랐다. 오는 동안 손목시계로 시간을 재보니 4분 15초가 걸렸다. 벨을 누르려는데 바로 문이 열렸다. 노부인이 말했다.

"정말 이제 안 오나 했어요."

"미안해요, 사정이 좀 있었어요."

현관에 들어서자 그 밀크셰이크 향이 났다. 지난번에 다녀간 지 한 달도 지나지 않았을 텐데 모든 것이 그리운 느낌이다. 갑작스럽게 찾아와서 그랬는지 노부인의 복장은 늘 보던 것보다 더 캐주얼해 보였다. 검은 니트에 하얀 바지. 굽이 없는 구두를 신고 있었다. 립스틱은 또렷이 바른 채였고 본 적 없는 커다란 진주목걸이도 하고 있었지만 못 본 사이에 확 늙어버린 것 같았다.

"그쪽이 오지 않는 동안 이 거리를 몇 번이나 걸었는지. 정말 많이 기다렸어요."

노부인의 뒤를 따라 복도를 걸어간다. 그 발걸음은 상당히 느렸다. 주머니에 숨겨둔 송곳과 나이프를 어느 타이밍에 사용할지 망설였다. 갑작스럽게 하는 게 좋을까, 아니면 노부인이 주방에 갔을 때가 좋을까. 송곳을 쥔 손에 힘이 들어갔다. 머릿속으로 몇 번이나 상상해보았고 실제로 송곳과 나이프로 몇 번쯤 실험도 해봤지만 정말로 잘 될지는 알 수 없었다. 노부인이 모자를 쓰지 않은 모습은 오랜만이었다. 흰머리가 늘었고 무엇보다 목주름이 눈에 띄었다.

늘 그렇듯 어두운 거실로 들어갔다. 거리는 아주 조금 확장되어 있었다. 요전번에는 없던 '단지'가 만들어져 있었는데, 거기에는 젊은 시절의 노부인과 가족의 사진이 붙어 있는 것 같았다. 네 명의 가족이 작은 식탁에 둘러앉아 웃고 있었다. 노부인 옆, 넥타이를 한 청년은 오카베 씨일 것이다. 천진난만하게 웃는 단발머리 여자아이는 쓰네코 씨고, 안경을 낀 소년은 분명 노부오 씨. 그 옆의 '창'에는 성장한 쓰네코 씨가 하카마 차림으로 서 있다. 대학 졸업식일까? 노부인이 외국인에 둘러싸여서 피아노를 치고 있는 '창', 대형 여객선의 갑판에서 석양을 바라보는 노부인과 오카베 씨를 찍은 '창'이 줄지어 있었다. 게다가 '단지'의 일부는 내가 사 온 초콜릿 상자로 되어 있었다.

"절대로 안 열겠다고 다짐했던 앨범을 꺼냈어요. 새 기록이 오지 않으니 색 바랜 기록으로라도 얼버무릴 수밖에 없잖아요."

노부인의 말에 나는 새삼 미안한 마음이 들었다. 뭐라고 말할까 망설였지만 솔직하게 이야기하는 게 좋을 것 같았다.

"실은 이제 새 기록은 없습니다. 한 장도요. 그래서 좀처럼 이곳에 올 결심이 서지 않았던 겁니다."

나카무라에게 추궁당하고 나서부터 일하는 중에 고프로로 촬영하는 것을 그만두었다. 회사에 알려지는 것이 두려워서는 아니었다. 내가 나카무라와 같은 부류의 인간이 되는 것이 괜스레 견딜 수 없었다. 촬영은 누구나 할 수 있는 일이지만 적어도 내가 한 촬영은 어쩌면 쓸데없는 일만은 아니지 않았을까 하고. 당신이 깨닫게 해줬어요. 하지만 그렇게 생각하니 더 이상 몰래 하는 기록을 계속할 수가 없게 됐어요. 머릿속에서 준비했던 말은 부끄러워서 하지 못했다.

"대신 무엇을 할 수 있을까 하고 생각했어요. 그래서 이것저것 준비해 왔는데 잠깐 시간을 주시겠습니까?"

백팩에서 버바팀 브랜드의 LED전구와 E26포트를 지원하는 전선이 딸린 소켓을 꺼냈다. LED는 1520루멘의 전구색을 골랐는데, 더 밝은 것을 가져왔으면 좋았을 것 같다.

빌딩의 수는 '단지'를 합쳐서 열 동으로 늘어나 있었지만 열다섯 세트를 준비해왔기 때문에 문제없다. 전원 탭과 연장 케이블을 가져오는 것도 잊지 않았다.

노부인은 뭐지? 하는 얼굴로 내 쪽을 바라보고 있다. 나는 신중하게 '타워맨션'을 들어올리고 LED전구를 상자의 딱 정중앙 바닥에 오도록 놓았다. 전선이 신경 쓰였지만 그것 때문에 상자의 밑둥 일부를 자를 필요는 없어 보였다. 같은 요령으로 '병원'이나 '단지'에도 전구를 설치하면서 전선을 이어나갔다. 커다란 '오피스빌딩'에는 세로로 쌓여 있는 상자들 하나하나에 전구를 놓았다. 전선은 걱정했던 것만큼 지저분해 보이지 않았다. 펜디나 티파니 같은 두꺼운 상자의 경우는 '창'의 구석을 아주 조금 벗겨내고 송곳으로 구멍을 뚫었다. 몇 개쯤의 '창'은 커터나이프를 사용해 정사각형으로 잘라냈다. 그리고 진짜 창문처럼 안과 밖이 뚫린 영역에 사진을 붙여간다. 건물에 여러 개의 구멍이 뚫렸다.

"꽤 즐거워 보이는 일을 하고 있네요."

"저만 즐겨서 미안합니다."

그러고 보니 어릴 때에도 공작 시간은 싫지 않았다. 국어나 사회 시간에는 좋은 점수를 따는 것만 생각했는데 공작은 달랐다. 열심히 한다고 해서 점수가 더 올라가는 것도 아닌데 어떻게든 정성을 다해서 마무리하고 싶어졌다.

"무슨 일이 일어나려나."

"아름다운 것을 많이 봐온 사람에게는 아이들 장난이겠지만."

전선이 딸린 소켓을 전원 탭에 잇고 벽의 콘센트에 꽂았다.

거리에 불이 들어온다.

별것 아니다. 상자로 만든 빌딩 안에 전구를 넣어 빛나게 했을 뿐이다. 하지만 이 어두운 방에서는 한순간 그것이 진짜 거리처럼 보이는 순간이 있었다. '단지'에서는 전구의 불빛에 비친 젊은 날의 노부인과 그녀의 가족이 행복한 듯이 웃고 있었다. 나 혼자만 좋아하는 게 아닐까 걱정이 되어 노부인을 돌아보니 그녀는 등을 펴고 눈앞에 쌓아 올려진 세계를 진지한 눈으로 응시하고 있었다.

"거리의 불빛이 아름다워."

그렇게 중얼거리고 내 쪽을 바라본 그녀의 얼굴은 기쁜 것처럼도 보이고 슬픈 것처럼도 보였다.

"정말 멋진 선물이에요. 난 이런 아름다운 거리를 본 적이 없어요."

"그냥 상자와 전구일 뿐인데요."

"그게 좋아요."

"나도 그렇게 생각합니다."

우리는 언제나 그렇듯 천사와 함께 의자에 앉아서 거리의 야경을 바라보았다. 그 거리에는 '오피스빌딩'이나 '학교' '병원' '타워맨션'이 줄지어 서 있고 거기에서 생활하는 사람들의 모습이 잘려나와 전시되고 있었다. 울퉁불퉁 각이 진 스카이라인. 제거되지 않고 남은 상표 딱지. 볼품없는 상자 건물. 미처 다 숨기지 못한 몇 가닥의 전선. 하지만 그것은 우리가 만든 거리였다. 조금쯤 자랑스러운 기분이 들었다.

"옛날에, 기숙사에 살던 때의 얘기예요. 친구가 한 명도 없어서 무척 불안했어요. 학교가 끝나고 귀가할 때 역에 내리잖아요. 내가 살던 곳은 7호동의 2층. 거기까지 가는 길은 전등이고 뭐고 아무것도 없어서 밤에는 정말 캄캄했어요. 불빛이라고 해봤자 기숙사 방에서 새어나오는 것뿐. 외로웠지요. 저 불 켜진 창 너머에는 행복에 겨운 인간들이 있겠지 하면서 미워하기도 했고요. 무기질의, 정체불명의 빛처럼 사람을 사무치게 춥고 외롭게 만드는 건 없어요. 하지만 어느 날 아는 사람이 생겼어요. 평소처럼 밤길

184

을 가고 있는데 어떤 사람이 갑자기 말을 걸어오는 거예요. 처음에는 이상한 사람이라고 생각했지만, 머지않아 함께 레코드를 듣거나 하게 됐지요. 그는 7호동 옆, 6호동의 3층에 살고 있었어요. 맨 왼쪽 가장자리 방. 그를 안 뒤로는 역에서부터 밤길을 걸어오는 것이 갑자기 즐거워졌어요. 3층 왼쪽 가장자리 방이 밝은 것은 그가 벌써 돌아와 있다는 신호. 어두운 것은 아직 돌아오지 않았다는 신호. 무기질이라고 여겼던 빛이 그의 존재를 알려주는 빛이 되었지요. 그렇게 반년쯤 기숙사에서 사는 동안에 많은 빛이 나에게 의미 있는 빛으로 바뀌었어요. 같은 빛인데도 신기하지요?"

그저 빈 상자와 전구로 만든 이 거리의 불빛조차 의미 있는 빛으로 보이는 것과 같다고 생각했다.

"있지요, 지금까지 얼마나 많은 유리를 닦았나요?"

"일하기 시작해서 1년 좀 넘었으니까… 건물로 말하자면 300채 정도일 겁니다. 몇 번쯤 같은 빌딩으로 가기도 했는데 어쨌든 200곳은 넘을 거예요."

"보고 싶군요. 당신이 닦은 빌딩."

노부인은 내 어깨에 손을 올렸다. 나는 도쿄에서만 일을 해왔기 때문에 이곳에서 보이는 빌딩도 있을 것이다. 방향이 정확하지는 않지만 이 근처라면 시오도메의 니혼 테레비, 덴츠 빌딩, 무역센터 빌딩, 바다 건너편의 후지 테레비, 후지 테레비 만안 스튜디오, 과학미래관, 그리고 이름도 잊어버린 무수한 잡거 빌딩들. 적어도 그중 어느 하나는 이 방에서도 보일 것이다.

"하지만 높은 장소에서 보는 경치가 싫다고 하지 않았나요? 속되고, 천하고, 지리멸렬하다고."

"—그 아이는 그곳에 있는 것은 무엇이든 마음에 들어서, 세상에 그 이상의 장소는 없다고 생각하고 있는 것 같다."

노부인은 갑자기 낭독극 같은 말투로 그렇게 말했다. 그녀가 돌연 맥락 없는 말을 하는 데에 이제는 익숙해진 줄 알았는데 어리둥절한 표정을 짓고 말았다.

"이 거리를 보고 있자니까 어린 시절 무척 좋아했던 그림책이 생각나요. 난 그동안 악마의 거울에 찔렸었던 건지도 몰라."

노부인은 자리에서 일어나 창가로 향했다. 그리고 검고 무거운 커튼에 손을 댔다. 실은 노부인이 먼저 제안하지 않으면 내가 억지로라도 커튼을 열 작정이었다. 이 방에 만들어 놓은 거리의 배경에 어울리는 것은 단지 시커멓기만 한 커튼이 아닌 것 같았다.

그래서 오늘은 샴푸봉과 스퀴지도 가지고 왔던 참이었다. 무거운 커튼이 서서히 열리고 커튼레일 위로 롤러가 미끄러지는 소리와 함께 도쿄의 거리가 창문 너머로 드러났다. 건물 모퉁이에 위치한 거실에서는 남동쪽 경치가 한눈에 들어왔다. 이미 해는 완전히 지고 하늘에는 달이 빛나고 있었다. 보름달이었다.

창문으로 다가가니 예상했던 대로 창문 안쪽은 오랫동안 청소가 되어 있지 않은 것 같았다. 결코 불결하다고 할 것은 아니었지만 군데군데 먼지나 지저분한 것이 묻어 있었다.

"이왕 커튼을 젖힌 마당에 창문을 좀 닦아도 될까요?"

샴푸봉과 스퀴지를 꺼낸다.

"어머, 준비성이 좋네요."

높은 곳에서 보는 경치는 눈에 익숙했지만 여유를 가지고 야경을 바라본 적은 거의 없었다. 적셔서 짠 샴푸봉을 창에 가져다 댔다. 세로, 세로, 가로. 물이 흐를 것 같으면 스퀴지로 가장자리에서 정중앙으로, 그리고 모서리를 향해 닦아나간다. 도쿄 만이 잘 보였다. 레인보우 브리지 건너편에서 불꽃이 오르고 있다. 샴푸봉은 세로, 세로, 가로. 스퀴지는 색칠하듯이. 창문에 내 얼굴과 노부인의 얼굴 그리고 우리가 만든 거리가 비쳤다. 강 건너의 빌딩군보다 훨씬 밝은 빛이 '창'으로부터 쏟아져 나와 창문에 비치고 있었다. 몇몇 얼굴과 장소가 생각났다. 그중에는 '창'에 기록되어 있지 않은 사람도 많았다. 이제 평생 만나지 못할, 만나기는커녕 기억에서도 사라져버린 사람도 있었다. 이케마쓰. 뎃페이. 요시다 선생님. 아이코 씨. 미쿠 짱. 야마얀. 왓키. 가노. 모두 어디에서 무엇을 하고 있을까. 그런 감상적인 생각들을 지워버리기라도 하듯이 스퀴지로 물을 자꾸 닦아냈다. 그냥 놔두면 이상한 투명 줄무늬가 생겨버릴 테니까.

"어느 날 악마는 거울을 만들었어요. 그 거울에 비치면 어떤 아름다운 것도 그 속에 감춰진 추함이 드러나 보인다는 무서운 거울이었죠. 악마가 가지고 있을 때는 그래도 괜찮았어요. 그런데 어쩌다가 그 거울이 온 세상에 뿌려졌죠."

창문은 노부인이 앉아 있는 모습도 정확히 비추고 있었다. 그 옆에 놓인 천사상의 얼굴을 보고 순간적으로 어머니가 생각났지만 신기하게도 싫은 기분은 들지 않았다.

밖에는 무수히 많은 빛이 보였다. 그것은 그렇게 많은 사람들이 살아 있다는 증거일 것이다. 그 빛이 흘러나오는 창 너머에서는 어떤 삶이 영위되고 있을까. 세로, 세로, 가로. 창문을 빈틈없이 적시고 스퀴지를 가져다 댄다. 가장자리에서 가운데로 물을 모아 맨 밑으로 떨어뜨린다. 그래, 이젠 실력이 꽤 늘었구나.

"몇천만, 몇억 조각의 거울이 뿌려졌어요. 거울은 지금 이 순간에도 전 세계를 누비고 있다나 봐요. 불행하게도 그 거울이 사람의 눈에 들어가면, 그 사람은 더 이상 아름다운 것이나 멋진 것을 보아도 감동할 수 없게 되고 남의 나쁜 점만 눈에 들어온대요."

그곳에서는 태어나서도 안 되고 죽어서도 안 돼. 그러니까 그 섬에는 산 사람밖에 없다는 거지. 창문 안의 녀석들에게 마치 유령처럼 무시당하고 있는 우리도 그 섬에 가면 살아 있다는 것을 실감할 수 있지 않을까. 생명의 호텔은 그 섬 한가운데에 있어. 그 호텔에는 커다란 전쟁이나 기후변화에 대비해서 온갖 농작물의 종자가 보존되어 있대. 정말로 지구가 끝날 것 같은 날이 왔다 치고, 그때 우리는 과연 그 호텔에 도달할 수 있으려나. 하지만 적어도 말할 수 있는 건 그곳은 누구나 가볼 가치가 있다는 거야. 저장고는 해발 130미터. 최악의 기후변화가 일어난다고 해도 해면은 80미터밖에 안 올라갈 테니까 괜찮을 거라는 계산이었던 모양이야. 정말로 자신들이 예상한 대로 갈지 어떨지는 알 수 없지만. 사실 그야말로 도박 같은 거지. 절대로 괜찮다고 할 수 있는 건 하나도 없으니까 말이야.

"수많은 사람이 사는 큰 도시가 있었어요. 그 도시에 사는 가난한 남자아이의 가슴에 악마의 거울이 박혀요. 그는 마음이 얼어붙고 말아요. 그런데 그런 그가 유명인이 되는 거예요. 그가 그 도시에 사는 사람들의 나쁜 점을 찾아내고 좋지 않은 버릇을 흉내 내는 것이 재미있다고 소문이 자자해진 거지요. 내가 아는 사람 중에도 그와 같은 사람들이 많이 있었어요."

종자를 밀폐한 상자의 수는 250만 개. 저장고의 치수는 세로 27미터, 가로 10미터, 높이 6미터. 입구로부터의 거리는 146미터. 테러에 대비해서 네 개로 되어 있는 문은 서로 다른 열쇠로 잠겨 있는데, 그 열쇠는 전 세계의 단 세 곳에만 보관되어 있어. 상처 입은 인류가 어떻게든 섬에 도달할 수 있었다고 해도 열쇠를 제대로 찾아낼 수 있을 것 같아? 그들 또한 테러리스트와 마찬가지로 막막할 거라는 생각이 들지 않아? 이건 뭐, 무리라니까.

"어느 날, 눈의 여왕이 그 남자아이를 데리고 가요."

그건 몇 월일까. 어둠에 갇힌 겨울일까 밤이 오지 않는 여름일까. 어느 쪽이든 끝없는 얼음 사막을 걸어왔을 테지. 분명 동료들의 배웅을 받고 왔을 거야. 얼마만큼의 시간을 들여 걸어왔을까.

"눈의 여왕은 남자아이와 함께 멀리 북쪽으로 향했어요. 남자

아이는 살려달라고 외쳤지만 그 목소리는 이제 누구에게도 가 닿
지 않아요."

　분명 단단한 콘크리트 앞에서 풀이 죽어 있을 거야. 견고한 요새는
숙박객을 아무하고도 만나게 해주지 않아. 적이냐 아군이냐는 관계없
어. 글쎄, 그걸 확인하는 건 너무나도 어려운 일이니까.

　"눈의 여왕과 남자아이는 눈과 얼음에 갇힌 섬에 도달했지요.
기쁨이 없는 대신에 괴로움도 없는 안락한 나라. 태어나서도 안
되고 죽어서도 안 되는 영원의 장소. 남자아이는 점차 그곳을 마
음에 들어 하게 돼요."

　그래도 말이지, 열쇠를 찾지 못한 채 호텔 앞에서 멸종하는 것도 나
쁘지 않다고 생각해. 우리, 열심히 했잖아. 이런 먼 곳에까지 왔으니까
이제 됐잖아. 그렇게 칭찬해주고 싶어지지 않아?

　"나도 가보고 싶어요."

　크게 스퀴지를 치켜들고 밤하늘을 닦아낸다. 무수한 빛이 쏟아
져 내렸다. 그 빛은 누군가가 살아 있다는 증거이기도 하고 누군
가의 마지막을 애도하는 것 같기도 했다. 어느 쪽이든 무척 눈부
신 밤이라고 생각했다.

　"안 돼요."

"왜요?"

글쎄, 그 섬에서는 죽으면 안 되니까.

"선배도 얼음 섬에 가고 싶어 했어요. 눈의 여왕에게 끌려가는 게 아니라 자기 스스로. 분명 그 이야기에 나오는 것하고 같은 섬 이에요. 북쪽 끝에 있어요. 태어나서도 안 되고 죽어서도 안 되는 섬. 우리는 늘 유령같이 무시당하고 있지만 그 섬에서는 살아 있다는 것을 실감할 수 있을 거라고 생각한 거겠지요. 하지만 결국 못 갔을 거예요."

글쎄, 그 섬은 산 사람을 위한 장소니까.

하네다공항을 향해 날아가고 있는 보잉기. 고속도로를 달리는 차들. 끝이 없는 흐름. 빨간 램프가 명멸한다. 그 빛이 건너편 빌딩에 반사된다. 그 반사된 빛이 또 다른 빌딩에 다다른다. 도시의 야경은 숨 가쁘다. 샴푸봉으로 창문을 적신다.

"안 되려나?"

"안 돼요."

어슴푸레한 하늘과 검은 바다 사이에 떠오른 빛은 배일까. 먼 바다를 향해 나아가 결국엔 보이지 않게 된다. 스퀴지로 보름달을 닦는다. 실은 그 섬만이 아니다. 이 세계는 산 사람을 위한 것이다. 태어나기 전이나 죽은 후의 일은 우리가 관여할 바 아니다. 빛이 지나치게 눈부셔서인가. 내가 서 있는 곳이 창문 안인지 밖인지 알 수 없었다. 그래서 과장될 정도로 손을 치켜 올리고 샴푸봉을 다시 창문에 가져다 댔다.

"겨우내 남자아이는 달을 바라보고 있었대요. 오늘 밤 달님은 보름달이네. 저런 먼 곳까지 인간이 간 적이 있다니 신기해요. 처음 인간이 발을 내딛던 날 달님이 어떤 형태였는지를 놓고 준하고 자주 다퉜어요. 준은 하현달이었다고 했지만 나는 보름달을 봤다면서 양보하지 않았지요. 남자아이의 얼어버린 마음에는 어떤 달이 비쳤을까."

아폴로가 달에 도달한 날의 달이 보름달이었는지 아닌지는 조사하면 금방 알 수 있겠지만 노부인이 바라는 건 그런 게 아닐 거라고 생각했다. 별이 하나도 보이지 않는 만큼 달이 더 밝아 보인다. 닦지 않은 부분은 이제 얼마 남지 않았다. 샴푸봉을 적시려다 창문에 남겨진 붉은 글씨가 보였다.

3706.

지워도 좋을지 망설였지만 글씨 위에도 샴푸봉을 가져다 대고 닦아냈다. 하지만 색이 조금 지워졌을 뿐 립스틱으로 썼을 그 글

씨는 쉽게 사라질 것 같지 않았다. 이 거리에는 변함없이 휘황찬란하게 불이 켜져 있다. 노부인은 행복해 보이는 표정으로 두 개의 거리를 바라보고 있었다.

거실에는 이제는 귀에 완전히 익어버린 피아노곡이 흘렀다. 심약한 선율이 새소리같이 흔들렸다. 그 소리를 뒤쫓듯이 부드러운 고음이 우리의 거리를 뛰어다녔다. 마치 이곳에는 머물 수 없다는 듯이 피아니스트가 건반을 두드리는 소리는 격렬해지고, 멜로디는 밤의 거리로 뛰쳐나갈 것 같았다. 계속 이곳에 있고 싶었다. 하지만 새로운 음조차 금방 사라져서는 어둠 속에 삼켜졌다. 그 섬에 대해 생각한다. 길었던 밤은 이제 슬슬 밝았을까.

7월 19일 맑음

　맑게 갠 푸른 하늘이 수평선 너머까지 이어졌다. 우미호타루에
서는 도쿄 만을 한눈에 볼 수 있었다. 거대한 후지산을 배경으로
요코하마의 거리 풍경을 촬영하고 있던 5D4의 렌즈를 다쿠미에
게로 향한다.

　"잠들었으니까 안 찍어도 돼."

　미사키 씨의 아들 다쿠미는 전망대에 설치된 벤치 위에서 엄
마에게 안겨서, 정말로 기분 좋게 자고 있다. 그 모습이 너무나도
행복해보였기 때문에 두 모자를 프레임에 넣고 셔터를 누른다.

　오늘은 미사키 씨가 운전하는 차로 우미호타루까지 왔다. 나는

노부인과 못 만나게 된 이후로도 사진촬영을 계속하고 있다.

그날은 정말 평소처럼 헤어졌다. 다음에 만날 약속을 하고 앞으로는 지상의 기록을 가져오겠다고 약속했더니 그녀는 크게 기뻐했다. 내 머릿속에는 이미 전하고 싶은 사진이 한장 떠올랐다. 올이 풀린 다운재킷에서 튀어나온 깃털이 매화꽃잎과 함께 눈처럼 흩날리던 순간. 하지만 집에 돌아가 그 장면을 찾아 프린트 아웃해 보니 생각했던 것보다 훨씬 빈약해 보였다. 노부인에게서 받은 돈을 넣어둔 타파웨어 용기를 냉장고에서 꺼내 그 길로 야마다 전기에 가서 캐논 EOS 5D Mark IV를 사버렸다.

처음에는 몇만 엔 주고 산 휴대전화 카메라와 성능이 어떻게 다른지 알 수 없었다. 하지만 초심자라도 입체감 있는 사진을 촬영할 수 있다는 것을 안 뒤로는 푹 빠져버렸다. 바람에 수면이 흔들리는 메구로 강물에 푸른 하늘이 비친 순간이라든가, 제1게이힌에서 내려다보이는 시나가와 화력발전소의 굴뚝이 노부인이 말하던 탑처럼 보이는 사진이라든가, 미즈노 씨의 집 앞에 놓인 갈색 주전자를 검은 고양이가 바라보고 있는 순간이라든가, 하이츠에가와의 화단에 한 송이만 핀 붓꽃이라든가, 그런 아무것도 아닌 것을 촬영하는 것이 즐거웠다.

고프로도 계속 사용하고 있었다. 거리에 나갈 때 고프로를 켠 채 가슴에 걸고 다니면서 동영상을 찍다가 나중에 마음에 든 순간을 사진으로 잘라낸다. 횡단보도에서 단지 신호를 기다리고 있을 뿐인 사람의 왠지 행복해 보이는 얼굴, 우버잇츠를 배달하는 외국인의 활기찬 얼굴 등, 놓치고 있던 풍경 속에도 볼 만한 것들이 있었다. 최근에는 눈길을 끄는 분장을 하고 공도카트로 도로를 달리는 외국인에게도 카메라를 들이댄다. 그들은 싫어하는 일 없이 웃는 얼굴로 포즈를 취해준다.

차라리 그 섬에 가는 것도 나쁘지 않겠다는 생각까지 하기 시작했다. 유라쿠초의 패스포트 센터를 방문하면 일주일도 안 걸려서 여권이 발행되는 모양이었다. 10년간 유효하고 1만 6000엔. 섬에 가려면 두 번 환승에 편도 32시간 30분. 항공권 비용은 17만 5590엔. 결코 도달할 수 없는 거리와 금액은 아니다. 그 사람이 말했던 생명의 호텔은 정식 명칭이 '스발바르 국제종자저장고 Svalbard Global Seed Vault'라고 하는 것 같았다. 입구와 지붕에 설치된 조각의 소재는 유리와 스테인리스, 프리즘이라고 했다. 그 사람이 살아 있었다면 정말로 섬에서 일할 수 있었을지도 모른다. 살아만 있었다면.

촬영한 사진을 인쇄하고 보니 수백 장이었다. 연휴 중에도 일을 했지만 그날은 점심 지나서 모든 작업이 끝났다. 일단 집으로 돌아오기는 했지만 아직 밖은 충분히 밝았기 때문에 노부인의 맨션에 가기로 했다. 무엇을 가져갈까 망설이다가 로손 편의점에서 시폰케이크와 바스치케이크를 샀다. 분명 노부인은 이런 게 있다는 것조차 모를 것이다. 좋아할 거라고 생각했다.

하마마쓰초역에서 맨션으로 가는 길에서 이 사진을 가지고 뭘할까, 하고 궁리했다. 똑같이 상자에 붙이기만 해서는 재미없다. 거리 안에 작은 영화관을 세우고 그 안에서 슬라이드 쇼가 상영되는 구조를 만들어도 좋겠다고 생각했다. 초소형 모니터를 사용하면 그렇게 어려운 일은 아닐 것이다. 혹은 상자 거리를 살려서 프로젝션 맵핑을 해도 좋겠다. 사람들이 생활하는 '창' 위에 지상의 풍경을 투영하는 것은 나쁘지 않은 아이디어다.

그런 생각을 하면서 검은 문을 빠져나와 긴 내리막 계단 끝에서 '3706'을 눌렀다. 1분쯤 기다렸지만 아무 반응이 없었다. 화장실에라도 간 걸까 하고 한 번 더 천천히 '3' '7' '0' '6'을 눌렀다. 그러나 이번에도 아무 반응이 없다. 어떡하지? 하고 있을 때 마침 안에서 주민이 나왔다. 모자를 깊이 눌러 쓰고 검은 마스크를 한,

장신의 남자다. 마침 잘됐다 싶어서 문이 열린 틈을 타고 로비로 들어가니 바로 초록 실크해트의 남자가 나를 불러 세웠다.

"3706호에 가려고요. 벌써 여러 번 왔었는데 오늘은 인터폰에 나와주질 않네요. 방문 약속을 했습니다."

당당히 말한 셈이었는데 그것이 오히려 수상해 보였는지도 모른다. 초록 실크해트는 은근히 무례하게 대답했다.

"사시는 분 성함을 말씀해주시겠습니까? 프론트에서 전해 드리겠습니다."

"이름은 모릅니다."

나는 힘없이 웃고 그 자리에 가만히 서 있었다. 우리는 서로 이름을 말해주지 않았다. 그리고 어느샌가 이름을 몰라도 대화가 가능해졌다. 아, 맞다. 오카베다. 노부인이 종종 입에 올리던 오카베라는 이름은 그녀의 배우자의 이름일 것이다. 그는 이미 죽었을지 모르지만 노부인은 여전히 그 성일 가능성이 크다.

"오카베요. 3706호의 오카베 씨입니다."

노부인의 모습과 '오카베'라는 말의 어감이 바로 이어지지는 않았다. 오늘 만나면 정식으로 이름을 물어보자고 생각했다. 초록 실크해트는 프론트에서 컴퓨터를 만지더니 1분쯤 지나서 돌아왔다. 그가 말하길, 3706호는 현재 비어있다고 했다. 얼마 전까지 그 이름의 여성이 입주자였던 것은 사실이지만 전출지 등의 정보는 알려줄 수 없다, 우리로서는 도울 수 있는 게 아무것도 없다, 조용히 돌아가줬으면 한다, 실크해트는 정중하지만 단호한 어조로 내게 말했다.

그러나 나는 그 사실을 처음에는 그대로 받아들일 수 없었다. 우리는 바로 얼마 전에 다음 약속을 했다. 뭔가 착오가 있는 거라고 생각하고 몇 번쯤 맨션을 다시 방문해 번호를 눌러보았다. 그러나 아무리 '3706'을 눌러봐도 문이 열리는 일은 없었다.

편지를 보내보기도 했다. 만약 정말로 이사를 간 거라면 전출지로 보내질 것이다. 그러나 몇 번이고 편지는 늘 '수신인 부재'라는 빨간 도장이 찍힌 채 되돌아왔다.

그래도 나는 사진촬영을 그만둘 생각은 없었다. 이것은 뭔가 일시적인 사고이고 노부인과는 곧 다시 만날 수 있을 것 같은 기분이 들었기 때문이다. 하지만 그 때문만은 아니었다. 그 이상으로 세상 사람들 아무도 눈치 채지 못하고 지나치는 한순간을 영상 데이터로 만드는 일에 매력을 느끼게 됐기 때문이었다.

삼각대를 준비해서 ISO 감도를 조정하면 야경이나 밤하늘도 쉽게 촬영할 수 있다는 것을 알고 나서는 외출하는 일도 늘었다. 오타구에 있는 조난지마 해변공원에서는 활공 태세에 들어가는 비행기를 촬영하기 위해 몇 시간씩 기다리기도 했다. 바로 조금 전에는 미사키 씨에게 이번에는 함께 오쿠타마호에 가서 별빛을 보고 싶다고 말했다.

"쇼타, 카메라맨이라도 되려고? 그거, 좋은 카메라지? 별안간 일을 그만둬버리다니 깜짝 놀랐어."

"잠깐 동안 생활할 수 있을 정도의 돈은 있어서요."

"역시 나쁜 짓 했었구나."

미사키 씨가 장난스럽게 내 어깨를 잡는다. 변함없이 가냘픈 손이지만 햇볕에 많이 그을린 탓인지 건강해 보였다.

"그러고 보니 나카무라 씨는 아직 일 계속하고 있나요?"

"변함없이. 그 친구는 변하지 않아."

내가 창 닦는 일을 그만둔 지 이제 곧 한 달이 된다. 어쩌다 노부인이 사는 그랑 드 스카이 시오도메를 담당하게 됐던 날이 있었다. 몇 개월 만에 그곳을 찾아가 작업자용 출입구를 통해 건물 안에 들어가자니 기분이 이상했다. 옥상에서 곤돌라를 탈 때는 내 심박수가 자꾸만 올라가는 것을 느낄 수 있었다. 새파란 도쿄 만과 레인보우 브리지. 모형 정원같이 온 사방에 입방체인 물체가 깔린, 다종다양한 사람들이 사는 거리. 다리가 떨렸다. 옆에 있던 모리카와는 처음 생긴 후배였다. 그가 눈치 채지 못하게 아무렇지도 않은 얼굴을 하고 샴푸봉을 창문에 가져다 댔다. 세로, 세로, 가로. 마치 처음 곤돌라를 타고 고소 작업을 했던 때같이 동작이 느려졌다. 모리카와는 몹시 느린 선배라고 생각하겠지만 상관없었다.

곤돌라는 드디어 그 층까지 내려왔다. 처음에는 그 집이라는 걸 알지 못했다. 장소를 착각했다고 생각했다. 이 타워맨션에는 한 층에 수십 집이 있을 테니 그럴 수도 있었다. 하지만 고개를 돌려 도쿄 만 쪽을 보니 그 집 안쪽에서 본 것과 스카이라인이 완벽히 일치했다. 보름달이 뜬 밤, 무수한 빛이 쏟아져 나왔을 게 분명한 그 거리.

창 안쪽 거실은 텅 비어 있었다. 가구는커녕 빈 상자 하나 찾아볼 수 없었다. 10평이 넘는 텅 빈 차가운 바닥뿐이었다. 그 바닥에서라도 어떻게든 흔적을 찾아내려 했지만 노부인과 내가 쌓아 올린 그 상자들은 단 하나의 흔적조차도 남기지 않고 사라져버렸다. 끝났다고 생각했다. 나는 취직을 결정했던 날 그랬듯이 그 자리에서 결심하고 그날 중으로 사표를 제출해버렸다.

"그래서 지금은 뭐하고 있어? 정말로 카메라맨이 되고 싶다면 아는 사람을 소개할게."

순간 주저하다가 가방 안에서 한 장의 유인물을 꺼내 미사키 씨에게 건넸다. 웃음을 띠고 유인물을 받아든 그녀는 거기에 쓰인 내용을 소리 내어 읽기 시작했다.

"'미래를 위해 할 수 있는 일. 우리 쑥 모임은 현도 515호 개발 계획에 반대합니다.' 이 가카즈 히데코 씨란 분, 설마?"

"네, 어머니예요. 워낙에 성실한 분인데 글쎄, 시의회의원 선거에 입후보한다지 뭐예요. 정말 민폐라니까요."

"어머나" 하면서, 미사키 씨는 유인물을 찬찬히 살펴본다. 한가운데에는 어머니가 웃는 얼굴을 하고 쑥떡을 들고 있는 사진이 배치되어 있다. 선크림도 바르지 않고 연설을 계속한 탓에 완전히 타버린 피부. 손질이 안 된 쇼트커트 헤어. 어느샌가 주름투성이가 되어버린 얼굴.

"어머니, 얼굴이 좋으시네. 쇼타가 찍어드렸어?"

"전에 사용했던 사진이 너무 심했거든요. 할 수 없이 일부러 사이타마까지 다녀왔어요. 여동생이 꼭 좀 해달라고도 했고 마침 시간도 있어서."

푸른 하늘 속을 하얀 바닷새들이 오가고, 수평선 너머에서 날아온 보잉기가 하네다공항을 향해 선회한다. 뭔가가 반짝였나 싶었는데 왼손에 찬 손목시계 글자판이 여름 태양을 반사한 것이었다. 문득 노부인과 주고받은 말이 되살아났다.

"미사키 씨, 지구가 둥근 건 어째서인지 알아요?"

"갑자기 무슨 소리?"

"우리가 너무 멀리 보지 않게 하려고 그런 거래요."

"멀리까지 보고 싶으면 직접 어딘가로 갈 수밖에 없단 얘기네."

미사키 씨는 아직 유인물을 읽고 있었다. 이제 곧 선거 포스터를 만든다니까 다시 어머니를 만나러 가야 한다.

틈이 있는 세계 : 50년을 사이에 둔 특별한 로맨스

작가 후루이치 노리토시는 대학과 대학원에서 사회학을 전공하고《절망의 나라의 행복한 젊은이들》《하류 노인》등 주목받는 사회 에세이를 발표한 바 있다. 그러던 그가 돌연 소설의 세계로 뛰어들어 데뷔작《굿바이, 헤이세이》에 이어 본 작품《무수히 많은 밤이 뛰어올라》를 발표했다. 그리고 그 두 작품이 연속으로 일본의 대표적인 문학상인 '아쿠타가와상' 최종 후보작이 되면서 그는 소설계의 일약 주목받는 신인이 되었다.

이러한 저자의 경력이 특별히 눈에 들어오는 것은 학문으로서의 사회학과 문학소설 사이의 서로 섞이기 힘든 성질 때문이다.

사회학의 주된 방법론은 통계학이다. 통계학은 인간군상의 무한한 다양함을 잘라내어 평균치라는 단일 값을 찾아내고, 거기에서 개개인의 개성은 평균치를 중심으로 진동하는 편차 값으로 단순화된다. 그런 방법을 사용하여 그려내는 사회는 이 작품 속 건물들의 모양처럼 황량하고 건조할 수밖에 없다. 또한 거기에는 건물 하나하나, 창문 하나하나의 뒤편에서 벌어지고 있는 개인들의 구체적인 삶이 없다. 개개인의 수많은 사연들은 단지 소거해야 하는 소음일 뿐이다.

그에 비해 소설에서 중심이 되는 것은 개인(들), 즉 개성적 인물이다. 사회적 사실을 위해 개인이 소거되는 것이 아니라 인물 한 사람 한 사람의 시선과 행동에 주목하는 것이 바로 소설이다.

"옛날에, 기숙사에 살던 때의 얘기예요. 친구가 한 명도 없어서 무척 불안했어요. 학교가 끝나고… 거기까지 가는 길은 전등이고 뭐고 아무 것도 없어서 밤에는 정말 캄캄했어요. 불빛이라고 해봤자 기숙사 방에서 새어나오는 것뿐. 외로웠지요. … 무기질의, 정체불명의 빛처럼 사람을 사무치게 춥고 외롭게 만드는 건 없어요. 하지만 어느 날, 아는 사람이 생겼어요. … 그를 알고부터 갑자기 역에서부터 밤길을 걸어오는 것이 즐거워졌어요. 3층 왼쪽 가장자리 방이 밝은 것은 그가 벌써 돌아와 있다는 신호. 어두운 것은 아직 돌아오지 않았다는 신호. 무기질이라고 여겼던 빛이 그의 존재를 알려주는 빛이 되었지요. … 같은 빛인데도 신기하지요?" (184-185쪽)

이러한 진술은 사회학 저술에는 존재할 수 없다. 인간을 넘어 각 개의 건물이, 심지어 전등 불빛 하나하나가 독자적인 의미로 존재하는 세계는 사회학 안에 존재하지 않는다. 저자가 그 울타리를 넘어 소설의 세계로 뛰어든 것은 이런 '신기'하기 짝이 없는 세계, 사회학의 언술에서는 결코 등장하지 않는 나, 그, 그녀 같은 말이 존재하는 세계를 동경했기 때문이 아닐까?

그리하여 소설 창작의 세계로 성큼 발을 들인 작가는 이 작품에서 엉뚱하게도 유리창을 사이에 두고 눈이 마주친 이십 대의 창문닦이 노동자와 고령의 여자 사이의, 50년을 건너뛴 수상한 로맨스를 그려낸다. (나에게는 두 사람의 이야기가 특별한 '로맨스'로 읽혔다.)

이십 대 초반의 쇼타는 괜찮은 대학교를 졸업했으나 수많은 취업 시도에 모조리 실패한다. 그날도 면접에서 떨어져 돌아오던

중 우연히 고층 빌딩을 올려다보는데, 거기에 매달려 유리창 청소를 하는 사람을 보고 즉흥적으로 자신도 청소원으로 일하기로 마음먹는다. 청소 회사는 그가 지원했던 잘나가는 회사들과 달리 매일 사람을 뽑았고, 곧바로 취업한 그는 매일 이 건물 저 건물을 다니며 고층 빌딩의 유리창을 닦는다.

그런 쇼타가 마주한 사회는 한쪽은 미래에 대한 희망 없이 근근이 하루를 살아가는 창밖의 노동자, 다른 한쪽은 자신들과는 별개의 세계에 사는 창 안쪽의 인간들, 그리고 이 두 집단이 유리 한 장의 두께뿐인 가까운 거리에 있으면서도 서로를 보고도 못 본 척 유령 취급하는 사회이다. 여기에서의 유리창은 같은 사회임에도 계급을 가르고 격차를 세우는 보이지 않는 벽을 상징한다고 할 수 있다.

그런 상황에서 어느 날 창 안쪽에 사는 고령의 여자가 쇼타에게 은밀한 초대의 메시지를 보내면서 젊은 노동자와 부유한 고령의 여자 사이에 특별한 로맨스가 시작된다.

작가가 이러한 파격적 설정을 택한 것은 그처럼 절망적으로 구조화한 격차 사회에도 변화와 도약을 위한 '틈'이 있다는 것을 말하기 위함이 아니었을까. 사회를 이런저런 격차가 있다고 도식

화하는 데 멈춘다면 사람들은 숨이 막힐 것이다. 물론 그 설정이 이처럼 '파격'인 것은 그 틈이 또한 그렇게 넓지만은 않다는 것을 보여주기 위함일 수도 있다.

어쨌든 이 틈은 그 유리창 너머에는 나와는 다른 계급이라는 말로 뭉뚱그릴 수 없는, 서로 다른 수많은 사연과 희망과 기쁨과 슬픔을 가지고 사는 개개인들의 인생이 있다는 사실 자체에 있을 것이다. 그리하여 이제 투명한 유리창은 소통을 위한 틈이자 통로가 된다. 유리창은 이중의 상징인 셈이다.

하지만 앞서 말했듯이 이 틈은 넓지 않다. 다만 그렇기에 저절로 열리는 것이 아니라 한 발 내딛는 무모함을 요구한다.

"미사키 씨, 지구가 둥근 건 어째서인지 알아요?"

"갑자기 무슨 소리?"

"우리가 너무 멀리 보지 않게 하려고 그런 거래요."

"멀리까지 보고 싶으면 직접 어딘가로 갈 수밖에 없단 얘기네." (204쪽)

늘 소심했던 쇼타는 어느 날 그 여성을 직접 찾아가는 무모한 시도를 했으며, 거기에서 얻은 경험은 결국 그의 삶에 작은 변화를 가져왔다. 인생은 정해져 있지 않으며 어디로 갈 것인지는 직접 가 봐야 안다는 사실을 깨달은 것이다.

절망적인 사회 속에서 희망의 틈을 찾아가기로 마음먹은 주인공 쇼타에게 응원을 보내며 후기를 마친다.

무수히 많은 밤이 뛰어올라

초판 1쇄 인쇄 2020년 11월 9일
초판 1쇄 발행 2020년 11월 15일

지은이 후루이치 노리토시
옮긴이 서혜영
펴낸이 유정연

책임편집 김수진 **기획편집** 장보금 신성식 조현주 김경애 백지선 **디자인** 안수진 김소진
마케팅 임충진 임우열 이다영 박중혁 **제작** 임정호 **경영지원** 박소영

펴낸곳 흐름출판(주) **출판등록** 제313-2003-199호(2003년 5월 28일)
주소 서울시 마포구 월드컵북로5길 48-9
전화 (02)325-4944 **팩스** (02)325-4945 **이메일** book@hbooks.co.kr
홈페이지 http://www.hbooks.co.kr **블로그** blog.naver.com/nextwave7
출력 · 인쇄 · 제본 (주)현문 **용지** 월드페이퍼(주) **후가공** (주)이지앤비(특허 제10-1081185호)

ISBN 978-89-6596-411-7 03830

이 도서의 국립중앙도서관 출판예정도서목록(CIP)은 서지정보유통지원시스템 홈페이지(http://seoji.nl.go.kr)와 국가자료공
동목록시스템(http://www.nl.go.kr/kolisnet)에서 이용하실 수 있습니다.(CIP제어번호: CIP2020047086)